Odara

Márcio Paschoal

Odara

EDITORA RECORD
RIO DE JANEIRO • SÃO PAULO
2011

CIP-BRASIL. CATALOGAÇÃO-NA-FONTE
SINDICATO NACIONAL DOS EDITORES DE LIVROS, RJ

Paschoal, Márcio, 1953-
P283o   Odara / Márcio Paschoal. – Rio de Janeiro: Record, 2011.

ISBN 978-85-01-09255-7

1. Romance brasileiro. I. Título.

10-5838
CDD: 869.93
CDU: 821.134.3(81)-3

Copyright © Márcio Paschoal, 2011

Imagem de capa: Solange Palatnik – *Odara* (1,20 x 0,80m, acrílico sobre tela)

Texto revisado segundo o novo Acordo Ortográfico da Língua Portuguesa.

Direitos exclusivos desta edição reservados pela
EDITORA RECORD LTDA.
Rua Argentina 171, Rio de Janeiro, RJ – 20921-380 – Tel.: 2585-2000

Impresso no Brasil

ISBN 978-85-01-09255-7

Seja um leitor preferencial Record.
Cadastre-se e receba informações sobre nossos
lançamentos e nossas promoções.

EDITORA AFILIADA

Atendimento e venda direta ao leitor:
mdireto@record.com.br ou (21) 2585-2002.

Agradeço

a Solange Palatnik pelo quadro; as correções de Nerval Mendes Gonçalves, Tania Mara de Senna e Ana Grillo; a dedicação de Magda Tebet; as críticas construtivas de Cecília Junqueira e Carla Cáfaro; o incentivo de Luiz Horácio Rodrigues; o carinho de Luciana Villas-Boas; os papos no Leme com Rogéria; o apoio imoral e irrestrito de Maria da Penha; alunas e alunos das oficinas literárias, particulares e da Rua Dona Mariana 53; as crônicas "Extremofilia" (publicada no Globo — *seção Opinião) e "O Quevedo" (na Revista Domingo, no* Jornal do Brasil) *do Luis Fernando Verissimo; algumas letras dos CDs do Zeca Baleiro (notadamente, do* Líricas *e* Pet Shop Mundo Cão); *e a Clarice Lispector, pelo personagem Ofélia Maria, do conto "A legião estrangeira".*

Dedico

Aos travestis, do sexo e da vida.

"Quando eu era criança, diziam que, se a gente passasse debaixo de um arco-íris, virava mulher. Eu vivia procurando um arco-íris."

Luís Roberto Gambine Moreira (Roberta Close)

"She comes in colors everywhere; she combs her hair. She's like a rainbow. Coming colors in the air, oh, everywhere; she comes in colors..."

Mick Jagger & Keith Richards

MANDICO

Duque de Caxias, novembro

Normando de Sá Coelho é meu nome de certidão e pia batismal. Fui um menino especial. Em mim, tudo era, de alguma forma, diferente, embora o mais intrigante fosse que poucos, mesmo raros, notassem.

Meu nome resultou de uma combinação dos nomes dos meus pais, Norma e Armando. O sobrenome Sá Coelho, com cacófato de assar coelho, mais tarde me causaria os primeiros traumas. A escolha bem que poderia ter sido vingança inconsciente deles. Filho único, soube que minha mãe sofreu com enjoos constantes quase os nove meses da gravidez. Já meu pai, sempre contrário ao meu nascimento, vivia reclamando que, após o parto, sua mulher nunca mais tinha sido a mesma. Sua mulher e a casa. Ela, sempre deprimida, e a casa em total desleixo. Coincidência ou não, o sossego havia acabado com a minha chegada.

Em casa, eu era chamado de Mandico. Criança insone e chorona, meus berros eram comentados. Com fome, dor de barriga ou fazendo manha, tudo era motivo. Dispunha de fôlego e brônquios notáveis.

Demorei a falar. Seu Armando suspeitava que eu tivesse problemas. Dona Norma dava de ombros. Naquela casa todo mundo fingia que sabia tudo; estranhamente, todos falavam e ninguém queria escutar.

Contaram-me que, com dois anos, os únicos sons que emitia eram tatibitates intermináveis. Da suspeita de autismo à possibilidade de língua presa, ninguém conseguia decifrar a causa de tamanha vocação para não dizer nada. Havia até quem garantisse ser alguma coisa espiritual.

Acreditava-se, no entanto, numa reviravolta. Norma vira na tevê uma entrevista com o Cony, na qual ele lembrava não ter falado uma só palavra até os cinco anos de idade. E acabara escritor.

Perto de fazer três anos, quando todos já se impacientavam, esperando por minha primeira palavra falada, eu pararia de vez. Agora nem tatibitates nem grunhidos. Só silêncio.

Os pediatras, fonoaudiólogos e até alguns videntes consultados se sucediam em explicações inexatas. A maioria arriscava o prognóstico de que com o tempo tudo se resolveria.

Apesar da mudez que, tanto quanto constrangia, ameaçava, eu possuía um ouvido incomum. Atento, escutava as palavras, as entrelinhas e até os gestos. E, mesmo teimosamente mudo, sempre havia respostas. Como se soubesse do ditado de que escutar bem era quase responder.

Não era movido a urgências nem gostava de fazer as coisas depressa. Talvez, ironicamente, eu achasse que fosse perder muito tempo com isso.

Só aos seis anos eu me rendi finalmente às palavras e, mesmo assim, com a parcimônia de quem mostra certa contrariedade com elas.

Mais que a extrema dificuldade para a fala, chamava a atenção a minha beleza e as feições finas. Ninguém dizia que era um menino. Parecia-me, realmente, com uma garotinha linda.

Com sete anos e meio, surgiram os primeiros indícios de minha vocação para a dança. Vivia pelos cantos dançando mambo. Meu requebro podia assustar de tão impertinente. Nessas horas, perdia a timidez e me transfigurava. Não podia ouvir uma rumba que saía atrás das castanholas para evoluir pelos cômodos da casa, impressionando a todos, tal qual uma Carmen Miranda mirim.

Quando completei oito anos, pedi e ganhei de presente uma Barbie Noiva. O pedido estranho foi atendido por minha mãe, que sempre sonhara com uma filha e me tratava feito uma princesa. Meu pai, nitidamente contrariado, não se conformava. "Isso é coisa de fresco", vivia o tempo todo reclamando. Nunca fora uma pessoa sutil, ainda mais quando passava da terceira dose de uísque, sua bebida preferida.

Algumas semanas depois, por desgosto ou simplesmente distraída, dona Norma morreria atropelada numa rua de Caxias.

Quase em choque, pedi para a dor não doer, para ver se a dor me largava, e meu pedido inútil me deu ainda mais medo. Muito medo…

Num acesso inapelável, despedacei minha Barbie Noiva. Nunca mais iria querer saber de bonecas que lembrassem minha mãe morta.

Passei um longo período sorumbático e trancafiado em pensamentos mórbidos. Pela primeira vez eu cogitei dar cabo da minha vida.

O mais impressionante foi que não verti uma só lágrima. Nem quando soube da notícia, nem quando vi minha mãe velada, nem no enterro. Nenhum pingo.

Dois meses depois, sem nem esfriar o luto, meu pai saiu de casa e foi viver, diziam, com uma espanhola endinheirada. Armando, um desajustado socialmente, possuía certo charme no olhar enviesado que lhe conferia um ar lunático e agradava às mulheres. Sempre dizia, lembro-me bem, que morria de inveja de Neil Armstrong, e que seu grande sonho era morar na Lua, onde certamente deveria existir mais calor humano.

Órfão de mãe e da Barbie Noiva, com pai sem juízo e sumido, sentia-me o mais solitário dos sozinhos. De repente, ficara sem ninguém no mundo. No mundo não, no município de Duque de Caxias, onde nasci e morei até seis meses após a morte de minha mãe.

Adalgisa, minha tia afastada — afastada como toda boa tia — irmã de Norma, mãe das gêmeas Nilza e Nilze, viúva e dona de uma pequena pousada em Friburgo, se sensibilizou com a minha situação e me convidou para morar com ela. As primas gêmeas regulavam com a minha idade, e isso poderia tanto ser bom como um estorvo. Sempre achara curioso meus pais chamarem a tal tia de neurótica clássica. Imaginava-a maluca, dessas doidas bem-educadas e falantes. Mas não havia à mão outros membros da família, saudáveis ou não, para recorrer.

Nova Friburgo

A vida na serra de Friburgo, ao lado da família emprestada da tia neurótica, transcorria sem maiores anormalidades. Exceto pela minha crescente mudança física e de hábitos. Não me comportava como um menino comum. Podia até parecer esquisito, mas era como se meus mamilos estivessem maiores, quase como pequenos seios. Ainda impúbere, a voz permanecia fina, aguda, e meus trejeitos e dengos não coadunavam com o que se poderia esperar de um rapazinho da minha idade.

Sempre no meu canto, tímido, evitava aglomerações, atividades esportivas e eventos festivos. Completara nove anos e pedira para tia Adalgisa não fazer nenhuma festa, apesar dos apelos quase histéricos de minhas primas gêmeas Nilza e Nilze.

Voltava-me para meus estudos e minha solidão. Assim, o afastamento do convívio em sociedade era mantido sem grande esforço. Sentia-me e sabia ser um menino realmente diferente...

Aos dez anos, matriculado no melhor colégio da cidade, meu comportamento se caracterizava por uma obstinada resistência à ação dos professores. Sem aparente explicação, passei a não responder às questões. Mesmo quando sabia as respostas certas. Desde cedo, só queria saber do meu degredo pessoal. A escola era uma prisão, e os pseudomestres eram déspotas sem paciência. Se fosse para escrever, escrevia; para dar respostas, calava-me.

O professor de português vivia me perseguindo. Podia jurar que, quando falava sobre desinências da flexão das palavras quanto ao gênero feminino ou masculino, ele não tirava os olhos de mim. Só faltava me perguntar: "Não é, senhor Normando?" Por causa disso, eu me achava uma desinência ambulante.

"A verdade é que o aluno Normando tanto me provocou que conseguiu o que queria, isto é, quase me tirar do sério. A cada pergunta ou teste oral era sempre o mesmo ritual cínico, com o aluno se negando a responder. Tentava se passar por vítima, alegava timidez, voz fina e várias vezes procurou colocar a direção da escola contra mim. Nas aulas de português, ficava com seu ar de deboche, olhar sonso, a mesma postura arrogante, com o nariz empinado e o sorriso levemente sarcástico. Quantas ocasiões foi pivô — voluntário, posso garantir — de inúmeras discussões e desavenças nas salas de aula, notadamente na minha.

Com vasta experiência docente, posso assegurar tratar-se de um jovem com graves problemas de convivência e com personalidade dúbia. Sem contar com a insistência de se comportar como menina e querer ficar sempre entre elas, fato este várias vezes por mim relatado à direção.

Justo ressaltar, todavia, que o aluno, apesar de dissimulado, desencontrado e realmente possuir a voz fina, demonstra inteligência, sagacidade e raciocínio compatíveis com os níveis exigidos pela escola. Diria até que um pouco mais além, porém sua conduta coloca tudo a perder.

É completamente absurda, portanto, a informação de que faço distinção ou venho sistematicamente implicando com ele ou com sua voz fina. Apenas respondo às suas incontáveis provocações a fim de não perder o controle sobre o resto da classe."

Para piorar, um acontecimento insólito me marcou definitivamente. Durante uma aula, ao me ver obrigado a ler em voz alta um poema, senti na carne minha própria timidez. De pé, livro aberto nas mãos, a sala toda a me olhar, perscrutando-me, exposto como garrote num leilão. Quis sumir dali, morrer. Os versos escolhidos pelo professor eram rebuscados, e algumas palavras novas me desafiavam. Não tinha mais saída. Concentrei-me e me pus a ler para uma plateia de algozes impacientes. No início, a voz quase num resmungo. Chamado a atenção diversas vezes, esforcei-me para elevar o timbre e prosseguir. Tentei engrossar a voz inutilmente. Na fatal estrofe, o tropicão imperdoável: "... todos se persignam na sala onde ardem os círios e em cuja abóbada sombria...". Em vez de "abóbada sombria", deixei escapar "abobada sombria". Risada geral e, na sequência, o inevitável apelido de Abobado.

"Ficha Individual.
Primeiro Semestre — : ano....
Comissão de Avaliação de Ensino — Colégio Nossa Senhora da Luz
Nova Friburgo — Rio de Janeiro.

Aluno: Normando de Sá Coelho (CONFIDENCIAL)
Deficiências notadas:
— fraco entrosamento e interação com o meio ambiente, com os adultos e com outras crianças;
— desprezo pelos valores éticos e religiosos.
Pontos positivos a serem aprimorados:
— desenvolvimento do potencial de habilidades para o raciocínio lógico;
— uso e domínio de diferentes linguagens: escrita, verbal, não verbal e plástica.
Alguns aspectos que devem ser observados e corrigidos:
— não se situa no grupo;
— precisa aprender a viver em comunidade;
— não responde a ordens lúdicas ou formais;
— não partilha objetos comuns, como brinquedos, livros, jogos;
— necessita desenvolver sua autonomia, isto é, a capacidade de conduzir e tomar decisões por si próprio, levando em conta regras, valores, sua perspectiva pessoal, bem como a perspectiva do outro.
Características gerais:
Surpreende pelo precoce desenvolvimento, pela rápida aprendizagem e mostra-se receptivo à leitura, à escrita e às artes plásticas e cênicas, deixando a desejar em afetividade, relacionamentos, valores, hábitos e atitudes.
Conclusão: convocação periódica dos responsáveis visando ao acompanhamento do aluno, em possível estágio de desajuste social."

Tia Adalgisa, que tomara para si a responsabilidade de cuidar de mim e de tentar educar o menino abobado que diziam que eu me tornara, a princípio não notara nada de mais nas minhas manias, além da estranha fixação em bonecas Barbie. Nem mesmo no detalhe de eu querer pintar os cabelos, lixar as unhas e usar pantufas. Titia atribuía tudo à brusca perda dos pais. "O sofrimento precoce pode amadurecer a pessoa, mas cobra seu preço", ela falava.

Quase completando treze anos, já se desenhavam em meu corpo magro algumas transformações. Minha cintura e a voz afinariam de vez, os pelos insistiam em não nascer e as nádegas ficavam cada vez mais arrebitadas, numa ginga meio rebolativa que eu, naturalmente, adotei feliz. Nilza e Nilze me imitavam e faziam provocações, ainda que, no fundo, se dessem bem comigo. Adoravam tudo o que eu fazia e, excitadas, me incentivavam em minhas pequenas anormalidades.

Passava agora por uma fase difícil, envolto numa luta particular em duas frentes: contra a acne, que ameaçava minha pele, e no enfrentamento de algumas ereções que julgava inoportunas. Quanto às espinhas, principalmente na face, enchia-me de ruge e dividia com as primas um estojo de maquiagem. As ereções frequentes me assustavam, e eu não sabia como lidar com elas, escondendo de qualquer maneira das pessoas, notadamente de Nilza e Nilze, que viviam de olho espichado para minha braguilha.

Tia Adalgisa, sem saber de nada sobre as espinhas, ereções e braguilhas, notara que eu ainda não falara de nenhuma namorada: "Mandico, você vai querer ser padre, meu filho?" "Eu, hein, titia?" "Por que, então, você não sai com suas primas?"

Eu, que tinha muito mais de abóbada que de abobado, sabia que Nilza e Nilze eram umas assanhadas e não queria me misturar. Nem sentia tanto assim a necessidade de uma namorada. Agora descobrira a literatura. Era a leitura meu atual motivo de direção afetiva.

Deleitava-me com os irmãos Grimm, as aventuras de Tintim e do *Sítio do Picapau Amarelo*. Um período em que trocaria, momentaneamente, a figura da charmosa Barbie pela da boneca de pano atrevida. Foi quando comecei a enfiar na cabeça me formar em biblioteconomia, na certa a imaginar que passaria a vida trabalhando em uma biblioteca, envolto no silêncio e junto a tantos livros.

As primas, sempre que podiam, interrompiam minha leitura. Queria matá-las. Mesmo assim, tinha de admitir que aquele convívio diário, apesar de muitas vezes esquivo por minha parte, trazia as marcas dos que conviviam forçosamente sob o mesmo teto, dividindo quartos, brinquedos e alguns segredos. Daí talvez o fato de elas saberem tanto das minhas manhas. "Mandico, você é tão fofo..." "Parece uma menininha..." "Que pernas!" "Toda lisinha..."

Nilza e Nilze, quando queriam me agradar, pediam-me opiniões sobre o que melhor vestir, combinação de cores, quais bolsas, o batom certo, as maquiagens.

De uma hora para outra, começaram a me convidar para tomar banho. Ansiavam para ver minha nudez, me tocar, apertar, beijar. É claro que eu fugia, apavorado.

Uma noite, com tia Adalgisa dormindo pesado, invadiram meu quarto com a desculpa de mostrar um novo creme de beleza que relaxava e nutria a pele. Eu fiquei curioso, sem perceber o que elas tramavam. Com as duas aplicando massagens enquanto me tiravam o pijama para melhor aderência do creme, acabaram me deixando somente de sunga. Não consegui disfarçar a excitação e a surpresa: era como se meu membro fosse explodir. Elas não deixariam a oportunidade passar. Foi meu primeiro gozo. Uma noite que nunca esqueceria. Nem minhas primas.

Quando completei quatorze, começaram os estranhos presságios e sonhos. Minha fase mística, tanto quanto meus hormônios, conspiravam. Dormia e sonhava o que ia acontecer, muito embora, tal qual Nostradamus, os avisos me fossem extremamente difíceis de interpretar. Podia antever com certa precisão o fim do mundo. Sonhava também com maremotos e dilúvios. Era água por todos os caminhos, eiras, beiras e estradas. Acordava sempre desses sonhos suado e morto de sede.

Outras formas menores de premonição vinham mesmo durante o dia, quando me encontrava, aparentemente, desperto. Ouvia melodias entrecortadas, de uma sonoridade oriunda talvez de longínquas galáxias. Por mais que tentasse reproduzir tais sons, não conseguia. Mas para que cantá-los se ninguém os escutaria mesmo? Melhor me manter pacato e silencioso em meu mundo particular de *toy stories*.

Reunião extraordinária da APA do colégio Nossa Senhora da Luz — festa de fim de ano. Pauta: decisão sobre o local da nossa confraternização anual.

Inicialmente, a Sra Elisa Mansueto Costa, mãe da aluna Flavia Lucia Mansueto Costa, 3ª. série, turma B, gentilmente ofereceu sua residência para a realização da nossa festa.

...Feita a ressalva da possibilidade de o Sr. Múcio Altimar, avô do aluno Múcio Altimar Neto, 4ª. série, turma A, conseguir graciosamente com o Clube Olímpico, desta cidade, a cessão da sala de festas.

...A Sra. Leandra Silva Rosas, mãe dos alunos Silvio e Silvana Silva Rosas, 4ª. e 1ª. séries, turmas A e C, respectivamente, cogitou a ideia de se contratar o grupo musical Tiês da Serra para a animação da festa. Informou que o dito conjunto cobra somente as despesas de condução para tocar a noite inteira, sem intervalos, caso queiramos que eles permaneçam tocando e cantando todo esse tempo, que fique claro.

...Fica decidido que o discurso de abertura será proferido pela Sra. Albuína Macedo, ilustre diretora do nosso educandário, seguida do Sr. Aglaê Thompson Gomes, estimado presidente da nossa APA, que falará sobre a importância das associações de pais e alunos.

...O padre Egliberto fará a oração do padre-nosso e abençoará os festejos, antes de eles terem início.

...Lembrado ainda que todos aqueles que ainda estiverem em débito com as cotas, o limite para a quitação das mesmas será até o dia 5 deste mês, impreterivelmente.

...Registre-se que ficou decidido, por votação apertada, que não serão permitidas bebidas alcoólicas nas instalações e arredores do local escolhido para a nossa confraternização.

...Ficou também anotado o protesto da Sra. Adalgisa de Sá, tia do aluno Normando de Sá Coelho, 4ª série, turma A, que ameaçou interpor ação judicial caso se mantenha a proibição do seu sobrinho frequentar eventos sociais do colégio... A Sra. Noventina Oslem, mãe do aluno Luiz Rodolfo Oslem, 4ª. série, turma A, reforçou sua intenção de se opor a qualquer participação do referido aluno, mediante uma lista de assinaturas, evidenciando não desejarem que seus filhos e filhas convivam com o mesmo... O Sr. Presidente desta APA rogou para que os senhores e senhoras presentes apelassem para o bom senso e não produzissem atos de caráter preconceituoso contra quem quer que seja, independentemente de suas opções ou escolhas. Até porque o ônus de uma ação na Justiça, nesse momento, seria extremamente dispendioso, sem contar com o aspecto psicológico de desgaste que toda briga traz em seu bojo. Por isso, entende o nosso Presidente que, em épocas de congraçamento, deve prevalecer a paz e a cordialidade... Registrado aparte do Sr. Venâncio Pontes de Medina, avô do aluno Edgard Alvarez Pontes de Medina, 4ª. série, turma A, que o Presidente só falava em paz e cordialidade porque não tinha seu filho estudando na 4ª série, turma A e tendo de conviver com o aluno em pauta... Neste ponto, a Sra. Adalgisa ameaçou com um guarda-chuva o Sr. Venâncio, dando origem a um início de acirrada discussão. ...Após lamentáveis bate-bocas mediante emprego, inclusive, de palavras de baixo calão, a muito custo, e já com os ânimos parcialmente refreados, tentou-se a leitura da ata e foi anunciado o adiamento temporário da nossa próxima reunião, que aconteceria dali a duas semanas, véspera da festa de confraternização.

...Nada mais havendo a tratar, foi lavrada por mim, Romilde Assumpção, mãe do aluno Mário José Assumpção, da 3ª. série, turma B, a presente ata, sem a assinatura dos acima referenciados presentes, haja vista a confusão reinante e a atmosfera hostil decorrente.

Nova Friburgo, 17 de novembro, ..."

Já estava quase um homenzinho e, ainda que meu corpo meio andrógino assustasse e meu jeito efeminado ascendesse, ansiava por prazeres que nem mesmo podia supor. E seguia escondido na serra de Friburgo, prostrado e me privando de todo o ardor que me era nato. Meus quadris fremiam e a alma fervia antevendo carícias. Era um vulcão prestes a entrar em atividade.

Num desses sonhos, pude perceber nitidamente uma voz que insistia em me declarar amor fervoroso, uma paixão única, avassaladora. Tentava em vão identificar aquela voz masculina, meio rouca, gutural. Não era de ninguém que conhecia. Engraçado, mas sentia-me confortável porque, espectral ou simbolicamente, havia alguém interessado por mim, não importando a maneira.

As brincadeiras sobre meus sonhos premonitórios se tornaram inevitáveis. Todos faziam troça do rapazinho que ouvia ruídos galácticos e sonhava com o fim do mundo numa enxurrada interminável. Eu estava ficando cada vez mais um garoto diferente. Não gostava de futebol, não dizia palavrões nem saía à rua. Adorava poesia, com especial predileção por Maiakovski. Excessivamente tímido e apático, sempre que questionado sobre minha masculinidade, a todos, com calma, respondia que meu coração sonhava como o dos poetas, cujas almas estavam longe de ser rudes.

"O primo só pode ser *gay*, mãe." "Não diga bobagens, Nilze." "É uma bichinha..." "Também acho, mãe." As primas já haviam decidido pela minha homossexualidade, e a todo momento me instigavam. Nessas horas, ficava profundamente abatido, me isolava, ia para o tanque e gastava horas a lavar roupa com sabão em barra. Olhava as mãos engelhadas e pensava na solidão. Os dias e as noites me pareciam sem fim. Ao menos eu me sentia limpo. Por enquanto...

Com o passar do tempo, tanto titia como as primas passaram a me aceitar, de forma quase automática. Elas nem ligavam mais para as minhas tendências. Tia Adalgisa, então, adorava quando eu ficava na cozinha, inventando receitas de quitutes e doces. Meu brigadeiro era motivo de festa em casa. Minhas primas, mais conformadas, não estranhavam mais as incursões ao armário delas, e até me ajudavam a provar esse ou aquele vestido, espartilho ou meia.

Uma única coisa ainda as deixava um pouco sem jeito. Era como a cada dia me parecia mais com uma mulher. Um caso kafkiano. Toda manhã um sinal claro de que viraria outro ser.

Perto de completar quinze, necessitava entender os chamados do meu corpo. Era hora de deixar para trás as inseguranças.

Confiava mais no charme que no físico. Mesmo bonito e com as feições tão delicadas, eu não gostava do que via no espelho. Não revelava a ninguém, mas queria me parecer com uma modelo gaúcha, embora lembrasse mais um cantor andrógino de *rock*. Ainda que minha personalidade fosse forte mesmo nos momentos de fraqueza, persistia chorando por nada e à toa. Aprendera que aquele que não chorava terminava não mamando. Ou mamando de menos. E minha sede por leite e desafios era percebida nos poros.

Mesmo menor de idade, estava mais que na hora do Mandico virar Normando de Sá Coelho. Deixaria Friburgo e a casa da tia em busca de novos ares, desafios e penas. Nada muito importante a temer. A não ser tudo.

Pretendia ficar longe das lembranças, do passado, das desgraçadas abóbadas e desinências. Um tempo ido que seria bem mais fácil se pudesse ser esquecido. Até então uma boa parte de minha história era povoada de mentiras: a restante, de pura ficção. E em Friburgo não aconteceria mesmo nada em minha vida. Pelo menos que valesse a pena.

NORMANDO

Centro

Depois de economizar e juntar dinheiro, eu possuía o suficiente para viajar. Tia Adalgisa, não se sabe se por sentimento altruísta ou vontade de me ver pelas costas, também me adiantou mais algum. Já dava para arriscar alguns meses no Rio de Janeiro.

Poderia tentar um emprego durante o dia e estudar à noite. Tudo como mandava o figurino, e de figurinos eu entendia. O problema era que comigo nada obedecia a normas fáceis. Respirava extremos e exageros. Meus lábios mantinham o silêncio, e os olhos, o segredo. No espelho, uma figura estranhamente feminina de sexo masculino. Em compensação, meus descaminhos idos e a possível solidão não mais assustavam.

Jurei nunca mais lavar roupa no tanque com sabão em barra; não contaria a ninguém de meus sonhos ou premonições. Se o mundo acabasse em chuva, morreria afogado como todos aqueles que não sabem nadar. Planejava perder o fôlego, a virgindade sexual, a calma e a cabeça, com certa pressa e não simultaneamente.

Da rodoviária, para um hotelzinho barato que me fora indicado no centro da cidade.

Mesmo desconfiado, o atendente do hotel aceitou me alugar o quarto. Mas deixou claro que não permitiria o seu uso para encontros de qualquer natureza. Já tivera inúmeros problemas com menores com a polícia. E parecia implicar com travestis. De graça.

Mesmo mentalmente preparado, senti a agressão. Mal chegara e fora confundido com um garoto de programa. Mas fingi assimilar o golpe e prometi bom comportamento e pagamento adiantado.

Uma coisa me incomodou mais do que o preconceito gratuito: os olhares lascivos do tal atendente. Era como se eu fosse comido pelos olhos dele. Tive medo.

A primeira coisa que fiz quando cheguei ao quarto foi trancar bem a porta. Senti falta da tia e das primas. Fiquei enjoado, quis vomitar. Tomei um tranquilizante e dormi. Não sonhei nem tive premonições, mas naquela noite um temporal inundou os arredores.

Os dias seguintes transcorreriam sem novidades e com pequenos sacrifícios. Seguia meus roteiros preconcebidos, pisando em ovos e disfarçando a preocupação. Ainda havia a real dificuldade de arranjar um emprego.

As diferenças ficavam mais evidentes no novo ambiente que era obrigado a enfrentar no meu dia a dia. A cada porta fechada na cara ou negativa de emprego, a cada entrevista malsucedida, suspeitava de que minha aparência pesava. Punha-me a imaginar a regalia das outras pessoas normais e os preconceitos deste país. Comparava a sociedade a uma clínica dentária de luxo: enquanto alguns riam em suas próteses brancas, trocando implantes novos no bem-bom profilático do flúor e das anestesias em gel, outros assistiam da janela ao mundo passar banguela ou, na melhor das hipóteses, cheio de cáries. Embora ainda rebelde passivo e despeitado, meu rancor era evidente. Apesar da analogia, eu não queria ser dentista, e permanecia alimentando o ideal de um dia me formar em biblioteconomia.

Nessa fase da vida, conheci Fausta, uma cearense de Sobral, com sotaque forte, jeito desinibido e também moradora do hotel, que se impressionou com meu tipo físico e resolveu se aproximar. Foi Fausta quem me indicou os primeiros antiandrogênios. Eu odiava ter de fazer a barba e notava, dia após dia, que ela ficava mais grossa. Às vezes me machucava ao escanhoar o rosto. Com o medicamento, esse problema acabava. Não ter a obrigação de me barbear era um alívio.

Depois, Fausta me arrumou umas cápsulas de progesterona e, mais tarde, receitas para a compra de mais hormônios. Mesmo sem me dar conta dos riscos, via minhas formas se arredondarem e as nádegas incharem um pouco. Fausta, excitada com as rápidas mudanças do seu pupilo, avisava que só estava faltando a prótese para os seios. Estava ficando quase uma mulher bem bonita.

"Conheci Normando na portaria do hotel. Todo jururu, com cara de fome e pedindo cigarro. Era bonito o frangote. Mas estava funicado. Falou que vinha de Friburgo, que não conhecia ninguém. Avisei que a vida aqui era lasqueira. No fundo, eu queria ajudar o abestado. Sei lá por quê. Vai ver, com dó. Mas o menino era sonso. Cabra falso, com cara deslavada. Sabe que

até me jurou de pé junto que era moço virgem? Só se fosse da orelha. Vivia pelejando pra que eu lhe desse dinheiro: 'Fausta, me empresta isso, Fausta, me empresta aquilo...', e eu dizia: 'E você vai me pagar com o quê, seu liso?'. Avalie se eu ia emprestar alguma coisa praquele flozô sem futuro... Um dia me veio com história de comprar remédio pra ficar mais parecido com mulher. Os tais hormônios femininos. Mentira dele que eu dei a receita. Nem sei como funciona esse troço. Só disse o nome dos comprimidos porque um amigo travesti me falou. Quer saber? Ainda deixou dívida na farmácia, e o cara de lá veio me cobrar, dizendo que o rapaz era meu amigo. Amigo não faz isso. Verdade que Normando era um garoto invocado, com cara de neném, de menina. Bonito, o peste. Eu até que me enrabichava com ele. Mas o que tinha de boniteza, tinha de fuleiro. Só queria saber de ficar frescando. Lembro dele aprendendo a chupar pica com uma banana, parecia que a banana ia gozar de tão bem chupada. E o marmota ainda dizia que era virgem, vai nessa..."

Quinta da Boa Vista

Com as economias quase no fim, passei a ter pensamentos estranhos. Comprei uma peruca cor de prata, fiz as sobrancelhas, me enfiei num shortinho, caprichei no batom vermelho e planejei arriscar uns passeios no entorno da Quinta da Boa Vista. Sugestão de Fausta. Ali passava muito *playboy* do subúrbio e coroas ricaços. "Uma teta", como ela falava. Só teria de conceder alguns favores sexuais.

Eu lhe avisei que era virgem. Fausta duvidou. Mesmo incrédula, explicou-me que para sobreviver ali, com aquele rostinho e jeito de bâmbi, era razoável que perdesse logo a virgindade, sem muita fantasia. Minha vida, dali para a frente, seria de dar e comer cus e fazer sexo oral em troca de grana. Haveria de aprender rápido. Deveria me dispor a isso o quanto antes. Ninguém cairia do céu e me arrumaria emprego. Não possuía nenhuma experiência, era menor, não tinha diploma nem padrinhos; não havia saída.

Ainda chocado com a forma que Fausta falara, doía-me mais pressentir que tudo aquilo que ela dissera, além de prático, era real.

Nessa noite chorei como nunca, debaixo do lençol, em posição fetal, com o peito sufocado e medo. Muito medo.

Manhã seguinte, busquei no pavor da noite anterior maldormida toda a força para me encher de coragem e decidir pela nova vida. Não poderia mais ficar tão acuado. Era isso ou Friburgo de volta.

Mais dois dias de preparativos, preciosos conselhos de Fausta de como me portar, uma pomada anestésica, camisinhas, alguns filmes pornô *gays*, muito treino chupando bananas para pegar o jeito, e lá estava eu, com o destemor dos irresponsáveis e inexperientes para o novo enfrentamento. A Quinta ganhava um novo garoto para sexo fácil e pago. Lindo, com corpo de menina e a virgindade sem pureza de quem se transmutara num animal selvagem para poder sobreviver. O paradoxo de uma gazela que se atira afoita para caçar felinos descuidados.

Logo nos iniciais passos pelo calçadão da Quinta da Boa Vista, fui percebido por um grupo de meninas e alguns travestis do local. Necessitado de apoio moral e querendo companhia, aproximei-me e, de cara, não pude deixar de notar um mal-estar geral, seguido de olhares inquisidores e suspeitos. Sem graça, apresentei-me, sorrindo e saltitante, forçando naturalidades. Era novo no pedaço, não conhecia ninguém. Dei nome, procedência, menti a idade, até signo no zodíaco. Questionado sobre o que pretendia e se não sabia que aquele pedaço tinha dono, vi seguirem-se ameaças, provocações, alguns empurrões e xingamentos, que deixavam bem claro que eu não era bem-vindo.

Apavorado e pego de surpresa, afastei-me humilhado e sem saber qual direção tomar. Era prudente que saísse dali o mais depressa, senão apanharia mais. Uma faceta sinistra da cidade que nunca supusera existir. A concorrência desumana e covarde daqueles que bem poderiam ser meus companheiros. De cabeça abaixada, seguia, meio a esmo, e não notei que alguém assobiava e chamava por mim: "Ei, baitolinha? Ei, você!" "Eu?!" "Quem mais? Tá vendo algum outro por aqui?"

Eu bem que poderia ter respondido que sim. A figura agora à minha frente era de um magricela, feioso, cabelos alisados, tamanho de jóquei, malvestido, ou melhor, com roupa chamativa e decote propositadamente exagerado para realçar a única coisa que tinha de bom: os seios de silicone. Dois melões que destoavam do restante tão mediano e chinfrim. Mirela era desse jeito, um travesti baixinho, cheio de hormônios, peitos com prótese, pernas meio tortas, rosto cheio de base e corretivo, voz esganiçada, pomo de adão destacado, mau gosto nos adereços e maquiagem. Talvez justo por isso ela compensasse com uma disposição incomum de viver e ajudar os outros. Tinha um coração de ouro. Não conseguia ver ninguém sofrendo, ou maltratado. Dessa forma foi que procurou a jovem bicha recém-escorraçada. Queria saber mais de mim.

"Quando pus meus olhos naquele garoto bonito, vestido de mocinha e forçando um rebolado fora de hora, logo saquei que estava era apavorado. Eu sabia que as meninas iam implicar com ele. A Quinta estava uma merda, e a procura por sexo era uma titica, comparada com a oferta. Tinha muita rapariga oferecida pra pouco cliente que valesse a pena. Depois que expulsaram ele, fiquei com pena e me aproximei. Não podia ver cachorro morto levar pontapé. Chegando perto e olhando melhor, foi que vi que havia uma luz interior, uma força sem explicação. Era como um anjo..."

De início, ainda sobressaltado com a silhueta de Mirela, estranhei. Mas aos poucos fui me soltando. Contei-lhe parte da minha vida e as dificuldades que atravessava. Mirela, com os sentimentos sempre extremados, mais uma vez se deixou levar pela emoção e pela mania de querer ajudar o próximo. Vai ver era seu instinto maternal aflorando. O maior sonho de Mirela, além de um dia acordar e virar Sophia Loren, sempre fora poder parir, amamentar, dar colo, ser mãe. Assim ela me adotou quase imediatamente.

Foi ela a responsável direta pela minha transformação radical, tendo minha vida dividida em *a.m.* e *p.m.*, como nos marcadores de hora. Antes e depois de Mirela.

ODARA

Rua Prado Júnior

Sob influência e aconselhamento de Mirela, mudei da Quinta para as calçadas de Copacabana. Na minha noite de estreia, bem mais confiante, arrisquei umas tentativas de assédio a alguns estrangeiros com pinta de italianos. Acabei no carro de um americano, fazendo, pela primeira vez na vida, sexo oral em um homem. Ganhei dez dólares. As bananas tiveram sua valia.

O turista, visivelmente animado, combinou comigo novo encontro. Que levasse algumas amigas, pois ele estava com mais três colegas. Assenti e marquei para dali a dois dias.

Mas não tive coragem. No fundo, não queria uma vida de prostituição barata. Só para agradar Mirela, fingiria fazer ponto na Prado Júnior, que era mais animado. Educada e disfarçadamente, porém, rejeitaria todas as propostas de programa. Definitivamente, não me sentia nada confortável no papel de michê.

Vivia sob o signo de um orgulho oculto. Não me julgava o mais bonito nem o mais atraente, mas sabia que possuía um olhar fatigado, e que mulheres e homens, estes principalmente, me olhavam sempre uma segunda e uma terceira vezes.

Foi quando, num fim de tarde na Prado Júnior, conheci Isaac Spavarolli. Apesar de o nome sugerir, não era judeu. Filho de colonos italianos, aposentado, ex-corretor de imóveis, lutava contra sintomas iminentes de esclerose. Um septuagenário esquálido sofrendo de lubricidade senil seria o meu primeiro homem.

A figura lânguida de Isaac, com ralos cabelos brancos, barba longa, ombros arqueados, bengala de madeira e a face sulcada, me sugeria a personificação de um patriarca e acabou me deixando fortemente atraída. Via no velho a representação bíblica do pai e da família que não tivera.

Com sua miopia avançada e o início de uma catarata, o velho não distinguia o meu sexo. Para Isaac, eu era realmente uma menina; uma garotinha charmosa e sedutora, que lhe lembrava, de certa maneira, um personagem de Nabokov.

Resolvi, então, adotar um comportamento bem mais feminino e ousado. Fazendo uso regular de progesterona e antiandrogênios, comprei roupas de mulher, me maquiei, incorporei uma peruca loura chanel e passei a me chamar Odara.

Quando ouvi no rádio *Odara*, cantada pelo Caetano, achei que a música tinha sido feita para mim. Escolhi o pseudônimo por isso. O velho Isaac achava lindo. Odara...

A amiga Mirela ouvia com paciência e atenção todas as histórias dos meus encontros, ou melhor, de Odara, com o velho. A todo instante ela me dava conselhos e instruções. Dizia-me para tirar o maior proveito da situação. Mas eu não via assim.

"Tava na cara que ele tinha se aproximado daquele velho asqueroso só por medo. Não queria correr riscos. Mas o que meu menino nem desconfiava era que, ao tentar fugir do arriscado,

se funicava cada vez mais. A verdade é que era ele muito acomodado e só queria ficar vendo a vida passar, de babydoll e canudinho. Eu avisava: 'Odara, a gente não corre nem fica pro bicho pegar, a gente vira o bicho.' E a bicha nem ligava. Me dava raiva de ver o nojento do Isaac, velho tarado. A grana dele, pelo menos, servia. As mesadas chegavam na hora certa. Com certeza, Odara devia ver nele o pai que não teve. E isso não ia terminar bem. Os pais pra valer, se forem bons, a gente aceita, mas os de araque a gente deve sempre desconfiar. Mas meu menino ia levar ainda um tempo pra saber disso."

Estava mesmo envolvida com Isaac. Só que não contaria a ninguém; apaixonara-me pela primeira vez, e eu mesma não podia garantir que não tivesse vergonha disso.

A notícia daquele namoro estapafúrdio também apanhara de surpresa os familiares de Isaac e caíra como uma bomba no quintal dos Spavarolli. Primeiro, quiseram impedi-lo de se encontrar comigo. Depois ameaçaram interditá-lo. Os advogados tentavam explicar que Isaac não poderia ser declarado louco apenas por querer ficar com uma namorada que tinha idade para ser sua neta. Ademais, a tal Odara, até o momento, ainda não demonstrara nenhuma tendência que pudesse ameaçar o patrimônio familiar. Era apenas uma garota maluca e excêntrica que queria chamar atenção. Que deixassem o tempo passar.

O dinheiro de Odara, ou melhor, o meu dinheiro chegava ao fim, e o solícito Isaac contribuía no orçamento com polpudas mesadas.

As agressões dos parentes dele, com insinuações de que eu estava só de olho no dinheiro do velho, começaram a incomodar. Passei, então, a responder na mesma moeda; afinal, se meu namorado queria me ajudar, ninguém tinha nada a ver com isso. Não tardou para que a nossa união ficasse quase inviabilizada e, na prática, impraticável.

Mas o velho Isaac estava tomado de amor, e sua alma fervilhava. Além de possuir um coração maior que o juízo. Ninguém ousaria segurá-lo.

As horas de safadeza com a sua Odara pareciam rejuvenescê-lo. Com muita arte, eu passava por fêmea e satisfazia o velho de quase todas as formas. Só não sabia se Isaac conhecia o meu segredinho e fingia desconhecer, ou se realmente pensava que eu era menina.

O fato era que Isaac se achava firmemente empenhado em passar o resto dos seus dias ao lado daquela mocinha tão diferente de todas que havia conhecido em seus setenta e dois anos. Para ele, eu era uma jovem originalíssima, estudiosa de Maiakovski, que vivia a ler e a criar quimeras, amante do silêncio tático e do sexo lancinante. O que poderia ele querer mais?

Isaac não conhecia nada de Maiakovski, embora comprasse todos os livros dele que achasse a fim de me presentear. Eu frequentava livrarias para folhear os lançamentos, gostava de bancar a intelectual e fazia questão de aparentar seriedade e equilíbrio. Nesses ambientes de cafés e livrarias, sentia-me aceita e quase não reparava nos possíveis olhares com desconfiança ou risinhos sarcásticos. Para mim, o preconceito estava necessariamente atrelado à pobreza de espírito e de bolso. Se tivesse de ser um homossexual, adotaria o gênero intelectual, das letras. Um travesti analfabeto ou inculto seria caótico.

Mas, para Isaac Spavarolli, tudo era encantamento: "Não sei o que tens, Odara, mas tudo em ti é único e belo." "São seus olhos cansados, Isaquinho. Eles só veem o que podem ver..."

Isaac me amava tão desesperadamente que chegava a sofrer com tanta felicidade. Eu sabia daquele amor incomum e aprendera que somente sofrer não combinava com ser feliz. No fim, tudo se resumia a uma troca de causas e interesses.

As pessoas não estavam habituadas a ligar meninos travestis com vocações literárias ou paixão por livros. O meu lado Normando passava uma segurança que não condizia com a minha juventude. A todos surpreendia com meu silêncio perturbador e efusivo. Como se estivesse conectado a outras vidas passadas. Tanta maturidade só podia ser espiritual.

O que ninguém reparava era que eu forjava um tipo, usando o silêncio como guia ideológico, só falando o essencial e na hora certa. Como se não bastasse, utilizava um linguajar exótico, composto por vocábulos e adágios catados no dicionário. O nexo era raro e isso contribuía para a curiosidade alheia.

No papel de Odara, eu parecia uma menina realmente. Quando passeava pelas ruas e avenidas com sua jovem namorada, o velho Isaac andava como se estivesse nas nuvens. A maioria nem ligava, imaginando só um avô com sua neta.

Os dengos e chamegos dele, porém, de tão espalhafatosos, não deixavam dúvidas sobre o casal-clichê: velho tarado com rapariga aproveitadora. E a sem-vergonhice campeava em plena luz do dia. Sim, porque Isaac era um ser diurno, do tipo que não saía à noite, dormindo religiosamente às seis da tarde e acordando ainda de madrugada. Hábito que, segundo ele, o mantivera com vigor e viço invejáveis.

Com mais atenção, poder-se-ia notar naquela pífia relação que, de nós, era o velho quem aparentava mais energia. Também, eu parecia secular... Dormia mal, alimentava-me pouco e mantinha olheiras profundas. Levava os meus dias de mocidade reclamando do tempo e sonhando envelhecer.

Quanto mais o tempo corria, mais Isaac procurava por sexo e intimidades, em contraste comigo, agora invariavelmente de má vontade e pouco voltada a seus apelos. Ainda assim, eu me submetia a todas aquelas taras dele.

Eu era o que se podia chamar de mosca-morta. Quase nunca ia a festas, não gostava de usar vermelho, não me banhava com loções. Quando dormia, sonhava e, quando acordava, tomava café com leite. Nada mais que isso. Para mim, a existência era amorfa e indefinida. Só sentia encanto pelas palavras, mormente as que não conhecia o significado. Vivia num estado quase contemplativo das sensações.

Quem não gostava daquilo era Mirela, que chegava a ser aborrecida de tanto insistir para que eu aproveitasse mais a vida. Ela desconfiava que aquele caso com Isaac estivesse durando demais e me fazendo mal. Ele era muito velho para mim, e, mesmo com o dinheiro fácil e certo, haveria contraindicações. Era como se eu, na pele frágil de Odara, ficasse bem mais velha a cada minuto.

    Mesmo assim, e talvez justamente por isso, a nossa relação perdurava, e era tudo que os parentes dele mais temiam: a minha união com o velho estava indo longe demais. Daqui a pouco eu teria meus direitos caso o velho viesse a falecer, o que, graças à lei natural das coisas, se esperava para qualquer hora dessas.

DARINHA

Bairro Peixoto

Isaac Spavarolli não temia a morte. Ao lado de sua Darinha, como me chamava, morrer já não lhe parecia tão novo, não mais o assustava.

Eu não pensava na morte, bastava-me o enfrentamento em vida. Jamais me queixava, mantendo-me calada com minhas dores e seus pormenores. As semanas, os dias se arrastavam, e eu nem percebia que o meu querer por Isaac já definhava. A cada encontro, gostava um pouco menos dele. Era como não ver ninguém abrir a boca, mas ouvir o grito. Questionei-me pela primeira vez se valeria continuar. Isaac me fazia bem, e esse bem agora se confundia com o mal.

Ansiava por mais beijos na boca e paus mais duros, enfim, precisava de novidades. Não sabia ao certo até quando ficaria sem revelar meu sexo a ele. Radicalismos deveriam obedecer alguns limites. Cansara de só chupar, queria ser chupado também.

De maneira prática, o apaixonado Isaac, querendo me garantir um mínimo de sossego, e a ele também por tabela, conseguiu, com um velho amigo, candidato à reeleição para deputado estadual, um emprego para a sua Darinha no comitê regional do partido dele. Era um trabalho que não me exigiria muito e, se não fizesse bobagens, poderia me manter por um tempo, com chances de conseguir algo melhor caso o amigo dele se reelegesse. Ideal, pois sempre foi clara minha predisposição ao *dolce far niente*. O salário dava até para tentar alugar um conjugado na Zona Sul e não ficar exclusivamente dependente da mesada de Isaac. Também seria uma forma de ele me dizer do seu enorme apreço e de como se preocupava com o meu futuro.

Foi no preenchimento dos dados, tanto para o emprego como no contrato de aluguel, que Isaac terminou descobrindo que sua Darinha era Normando.

Esperava dele uma reação intempestiva, mas o velho foi de uma calma surpreendente, como se não houvesse acontecido nada. No fundo, já devia até saber. Casos há em que nem miopia e catarata podem impedir a visão clara, mesmo dos que não querem ver. Decerto, procuraria na loucura cega da sua paixão a força para prosseguir se enganando. Normando também era um nome bonito...

Outro problema veio com a minha aparência. Com os crescentes comentários e fuxicos, os assessores do deputado consideraram mais conveniente que eu trabalhasse em casa. Não precisaria aparecer, a não ser que fosse convocado. Sabe-se lá para fazer o quê.

Com o emprego, e de mudança para um conjugado no Bairro Peixoto, eu fazia planos. Levaria Mirela comigo, abriria um crediário no nome de Isaac e compraria alguns móveis, um fogão, beliche e quadros. E livros. Muitos livros. Quebrava a cabeça para arranjar um lugar no conjugado apertado para uma estante com meus livros.

Sem eles, acho que morreria. Acompanhava-me a impressão de que a leitura antecedia a própria vida. Necessitava da companhia dos livros, como se pudessem dar alívio à saudade que sentia. Incrível era que eu não sabia identificar a razão disso. Do que sentia falta? De quem? Para mim, o sentimento de sofrer de saudade tinha a frequência de um trem suíço. Certas cenas passavam repetidamente na minha cabeça, como filmes antigos, em preto e branco. Inclusive o trem suíço. Gozado que, mesmo sem nunca ter estado na Suíça, era como se já conhecesse a fundo aquele país. Eu queria parecer cidadã de Genebra, Berna ou Zurique; no entanto, era mesmo Duque de Caxias que vivia em mim, impregnada.

Sem ter nada a ver com cidadanias, trens e livros, Mirela avisava que uma biblioteca no conjugado não seria razoável. Mal daria para nós duas e as camas. Ainda tinha o *yorkshire* Colossus, cachorrinho de estimação dela. Eu fingia ouvir seus alertas e não ligava. No fim daria meu jeito. Sempre dava.

De início, o velho fora contra a ideia de eu dividir o conjugado com uma estranha e um cachorro. Nem tanto pelo cãozinho, já que ele implicava mesmo era com Mirela, travesti com peitos de prótese e, principalmente, pela maneira escandalosa de ela se vestir e falar. Parecia mais um porteiro baixinho vestido de mulher para brincar carnaval. Eu me esforçava o quanto podia para tentar aproximá-los. Mas era inútil.

Mesmo assim, com uma semana de conjugado, inaugurava minha minibiblioteca com um jantarzinho íntimo. Houve um momento que nunca irei esquecer: Mirela pondo a mesa, e Isaac, com Colossus no colo, elogiando a decoração e a estante com os livros.

Passamos um bom tempo em relativa paz e administrando nossas diferenças. Graças à minha boa vontade sexual, Isaac se sentia no céu, ainda que pesasse eu ser agora também Normando.

Mas durou pouco. Enjoei e, com a frágil alegação de querer manter minha intimidade preservada, lhe pedi as chaves do conjugado. De agora em diante, ele tocaria a campainha como qualquer um.

Isaac estremeceu. Era, sem dúvida, uma espécie de aviso.

A prova definitiva do abalo na nossa relação viria logo a seguir, com a entrada em cena do neto dele, Miguel Sávio.

Levado pelo avô para me conhecer, fomos os três almoçar fora. O combinado entre mim e o velho, quase um pacto, era que ninguém deveria saber da identidade Normando. Só Darinha e pronto.

Desde o primeiro minuto o menino pareceu encantado por mim. Talvez por eu ser a tal namorada-problema do avô ou, quem sabe, por se sentir vivamente atraído pelas minhas profundas olheiras. Deve ter se admirado também pela minha introspecção calculada, fala monossilábica e jeito de morder os lábios e revirar os olhos para o nada.

O velho Isaac percebeu o entusiasmo do neto, e achou curioso. O pior, ou ainda, o inesperado é que eu também ficara fortemente impressionada com o garoto.

Miguel tinha a pele dourada, os cabelos ondulados, a beleza pré-adolescente e a timidez dos imaturos. Quatorze anos incompletos num físico aparentando dezesseis.

Durante o almoço todo, quase esqueci de Isaac. De repente era como se meu coração passasse a bater como um tamborim. Do ser taciturno e assolado pelo pessimismo eu renascia, qual fênix desajeitada, numa fêmea radiante e solar.

Não havia mais dúvidas: estava irremediavelmente interessada no guri. Talvez quisesse compensar a falta de um irmão menor. O garoto poderia se transformar em mais um brinquedo em minhas mãos. Como um urso de pelúcia humano.

Já não escondia mais nada. Exigia a presença dele sempre e por qualquer motivo. Era somente agrados e carinhos para o menino, em contraste com o desprezo e enfado com o avô. Espicaçava o velho com meu desinteresse.

Isaac vivia se queixando a Mirela que sua Darinha não gostava mais dele. Dava pena saber que ele vivia pelos cantos, numa fossa do tamanho do seu desapontamento. Estava agora à mercê de seu dolorido sentimento de perda. Era um homem carcomido e cansado que ardia de desejos e não via soluções. Até o *yorkshire* percebia sua penúria, sempre se aninhando a seus pés.

Numa derradeira tentativa, ainda apelou: "Darinha, acho que não vês mais prazer a meu lado..." "Me esquece, Isaac, às vezes você me sufoca." "Nunca permitirei que seduzas o Miguel. Ele ainda é tão novo." "Também um dia fui nova pra você, lembra?"

Dali em diante, nada mais confortaria Isaac e não havia o que pudesse aquietar seu coração. Sua paixão outonal por mim era a única coisa que conseguia fazê-lo sair da cama, de manhã, todos os dias.

Algum tempo depois, coincidência ou não, Isaac viria a falecer de um mal súbito. Talvez desgosto; preocupação com o neto; quem sabe um acidente vascular cerebral ou uma isquemia qualquer. Pouco importava a *causa mortis*. No fim, dava no mesmo: estava morto, tinha batido as velhas botas.

Catumbi

Ao enterro de Isaac Spavarolli, fui vestida de preto, minissaia, véu e ameacei, como homenagem final, declamar uns haicais autorais ao falecido.

A família do morto, indignada, quis me barrar no velório. Não podiam me suportar e invocavam meu patético romance com o velho, razão, inclusive, da sua possível morte por apatia crônica. Sem falar nas intenções claras de desencaminhar Miguel Sávio. Supunham, com certa lógica, que só podia se tratar de provocação.

E olha que ninguém ali sabia que eu me chamava Normando.

O rebuliço foi grande. Parentes e amigos mais chegados dos Spavarolli me apontavam dedos e exigiam minha imediata saída. O consenso era que eu fosse declamar meus haicais funestos noutra freguesia e não permanecesse ali a perturbar aquela gente já estressada o bastante.

Desisti de declamar e, fingindo não me importar com os ataques, forjando classe e frieza, ainda me despedi do defunto com um beijo na testa. Nesse momento, houve um burburinho geral. Mantendo-me altiva, ainda me aproximei do neto Miguel e lhe dei um beijo. Rápido, mas de língua.

Afastei-me ante o olhar espantado de todos. Eu sabia que era mesmo difícil crer no alcance de minha petulância e atrevimento.

Vida que seguia, melhor dito, enterro que seguia. Sem a minha presença incômoda, podiam continuar, enfim, a velar o morto com a paz e o devido respeito necessários à ocasião.

De longe, ouvia as ladainhas, acompanhadas de choros contidos; as velas acesas e as orações embalando a saideira de Isaac. De um canto, percebi Miguel Sávio — o neto do falecido, e pivô involuntário — passando a língua pelos lábios, na certa como a querer mantê-los úmidos, saboreando furtivamente a saliva e o gosto do meu beijo.

Bairro Peixoto

O romance com Miguel durou pouco, embora fosse marcado pela intensidade. O que aquecia e mantinha o desejo era a combinação dos meus arroubos sexuais com a completa aquiescência dele. Tudo o que aprendera com o avô, ironicamente, eu aplicava agora com o neto.

Não cansava de repetir que Miguel Sávio era o meu neném. Queria-o todo e aos pedacinhos, sussurrando-lhe obscenidades entre soluços e orgasmos. Havia entre nós a sutil afinidade dos pequenos amantes pervertidos: "Miguelzinho, meu fofo, vou te esfolar inteiro, quero gozar sem culpa; me passa o chicote." "Mas precisa mesmo me bater com isso, amor?" "O orgasmo é um tédio, neném. Só batendo..."

Miguel Sávio desconhecia o tédio e não queria sentir dor. No entanto, concordava com tudo e justificava perante a família seu caso comigo — a maluca ex do avô — como fruto de paixão sincera. O mais complicado era ele esconder as marcas no corpo. E aos que ainda indagavam sobre meu duvidoso caráter e o inferno que sua vida possivelmente viraria, o garoto admitia sua loucura. Como deviam se sentir os apaixonados.

Ainda que inteiramente vidrado em mim, ele não sabia lidar com uma namorada que tinha um pau. Ninguém poderia saber que Darinha era um travesti. Mesmo profundamente incomodado, Miguel não se sentia uma bicha. Era como se eu fosse uma mulher com grelo enorme. Nada mais. Desde cedo, já mostrava ser um jovem complicado, não lhe interessando rios de tranquilidade nem lamento de possíveis feridas. O resumo era que, adolescente teimoso e precocemente chegado ao álcool, ele precisava de mim, tanto quanto de um aparelho que o fizesse respirar. E Miguel, para piorar, era asmático.

Ao menos, o rapaz tinha estilo. Não era tão devasso quanto o avô, mas possuía disposição e coragem para enfrentar as minhas vontades e desvios. Sua fixação por mim fizera-o assim, um devoto dos tombos, com ou sem muletas; um amante escondido e com a masculinidade jovem posta em xeque.

Os pais continuavam a achá-lo amalucado, culpa talvez da bebida. Miguel começara muito novo, batidas de coco, rum com Fanta Uva, cachaça com mel ou energéticos. Dona Celita, sua mãe, já confidenciara a amigos preferir ver o filho se embriagando por aí a estar comigo. Qualquer alcoolismo seria mais fácil de controlar. Já os seus colegas de escola achavam-no um cara de sorte. Poucos, todavia, sabiam que aquela doce menina que ele namorava era, na verdade, um hermafrodita indeciso; um Normando secreto, de peruca loura, batom e bustiê.

Apenas o via como um menino mimado, passivamente idiota e profundamente carente, que tinha espinhas vermelhas na testa, que eu odiava.

Outro detalhe que me irritava sobremaneira, além do nome estúpido de Miguel Sávio, era a mania de ele ficar grudado na tevê, vendo seriados e desenhos. Achava aquilo o fim. Não condizia comigo e minha reputação de leitora dos originais de *Conversaciones*, de Maiakovski.

No fundo, eu só pensava em me divertir um pouco. Miguel era exageradamente subserviente, e eu não apreciava isso. Também havia a natural pressão da família dele. Contudo, o que influiu definitivamente para o fim do nosso caso foi o meu tradicional fastio e indiferença pelo que não me importava mais. O certo foi que Darinha e, igualmente, Normando começaram a dar, novamente, sinais de cansaço. O desejo por Miguel agora se confundia com a vontade de não ter.

Praça Mauá, avenida Rio Branco e Cinelândia

Quando chegou o carnaval foi a gota d'água. Na realidade, mais do que gota, alguns litros de cerveja. Eu queria tomar todas, colocar a fantasia de odalisca, sair pelos blocos de rua e beijar quem aparecesse. Sem falar nada, sem conhecer, sem ser apresentada; trocando fluidos em bocas, dentes e línguas.

Para tanto, já combinara com amigos sair no Escravos da Mauá. À roupa de odalisca adicionaria a faixa do bloco e uma peruca verde brilhante.

Miguel não concordara de eu sair sem ele por aí, nos blocos. Ainda mais de odalisca oferecida.

Não poderia mesmo dar certo. Miguel, resultado de um sistema social que impunha aos pais cada vez menos tempo de se dedicar aos filhos, fora educado em creches urgentes e abandonado à própria sorte. Transformara-se num poço de problemas e inseguranças. Sem contar que sonhava ainda em pôr *piercings* pelas orelhas, sobrancelhas e queixo.

Não só fui de odalisca em diversos blocos, como passei o resto do carnaval na gandaia, de mão em mão, avenida Rio Branco abaixo, até a Cinelândia, experimentando incontáveis beijos e hálitos, numa liberdade promíscua que recém-descobrira. E, acho, me viciara.

Na Quarta-feira de Cinzas, Miguel Sávio tentou o suicídio, ao ingerir vários comprimidos para dormir. Apagou por quase duas horas, assustou toda a família e a vizinhança, sem chamar, contudo, um pingo da minha atenção. A verdade era que eu já estava em outra e nem recordava mais do namorico com o adolescente subserviente, de espinhas na testa e adepto de *piercings*.

Com o garoto a se recuperar da tentativa idiota de suicídio, e eu cada vez lembrando menos dele, aconteceu a inesperada visita de dona Celita Spavarolli, filha de Isaac e mãe de Miguel.

Poderia esperar em minha casa qualquer pessoa, menos aquela senhora. Cabelos curtos e franja, rosto quase sem rugas, vestida com discrição e com uma silhueta ainda mantida à custa de dietas e caminhadas pela praia, dona Celita chegou sem avisar.

Do interfone, o porteiro anunciou sua presença. Restavam-me alguns minutos para tentar entender aquela visita.

O que poderia ela querer? Quem sabe, me matar. Podia ser vingança, pressupondo que me culpasse pela morte do pai; ou ainda o caso amoroso com o filho, a tentativa de suicídio dele. Talvez imaginasse um plano orquestrado por mim para acabar com os Spavarolli e viesse resolver tudo antes que fosse tarde demais. Ela deveria estar quase chegando, e eu continuava sem saber se abriria a porta ou não. Ajeitei a peruca, retoquei num segundo a maquiagem, corri até a cozinha e peguei uma faca, colocando no bolso de trás do *jeans*. Lutaria até o fim. Apesar das constantes visões da morte, eu tinha um baita amor à vida, e nessas horas, se necessário fosse, eu me transformava rápido em Normando.

A campainha tocou. Abri a porta: "A senhora por aqui?" "Posso entrar, minha filha?" "Por favor." Eu indicava o caminho, sem deixar, no entanto, meu flanco desprotegido. Com a mão esquerda, por trás das costas, segurava o cabo da faca. Dona Celita perguntou: "Posso me sentar?" "Claro." "Mas você vai ficar aí em pé?" Eu não quis me sentar. Preferia ficar num plano superior, onde pudesse melhor reagir a algum ataque da mulher. "Você deve estar se perguntando o que estou fazendo aqui, na sua casa, mas é que não poderia deixar de vir e atender a um pedido do meu falecido pai." "Como assim?" A mulher me entregou uma carta, explicano-o: "Foi pedido dele. Papai me fez prometer que eu daria a você depois que ele se fosse." Apanhei o envelope, mas não abri. Fiz menção de devolvê-lo. Dona Celita me impediu. "É vontade do morto. Com isso não se brinca."

Dali a instantes ela se retirava. Não sem antes, paradoxal e surpreendentemente, pegar minha mão, apertá-la e pressurosa dizer que, caso viesse a precisar de algo, a procurasse, sem medo ou rancores. Ainda antes de sair, dona Celita me olhou meigamente por uns segundos, como se quisesse me dizer alguma coisa. Com dois beijos, despedimo-nos como boas e velhas amigas. Foi muito esquisito...

Depois do susto daquela visita, a primeira coisa que fiz foi ler a carta do falecido.

A carta de amor do velho Isaac Spavarolli revelava o que quase mais ninguém duvidava: sua adoração por mim era resultado direto de uma insanidade que nunca findaria. Nem com a morte. Uma paixão com camisa de força. Possivelmente até morrera por esse amor.

"Minha amada Darinha

Para onde vou o tempo não tem ponteiros. Sei que poderia ser teu pai. Ou avô, está bem. Mas devo-te meu tardio renascer, e por isso quero que saibas que, se morro, não te deixo.

Sem ti, tudo é deserto; minha casa é uma caixa oca, sacudida por mãos aflitas, não mais por teu beijo.

A tarde ficou mais triste; a lua dorme mais cedo. Dirão que sou mesmo louco por te gostar assim. Pode ser até verdade, mas prefiro assim.

Para sempre terás a certeza de que ninguém te sentirá como eu; te idolatrará, coroará, adorará como eu.

Pois o amor me veste com o traje do desejo; estou certo de que, mesmo depois de morto, desencarnado, estarei te amando.

Vejo-te no céu, anjo meu.

Até uma outra vida, quando teremos a mesma idade e nos amaremos como os normais.

Seu Isaac, do outro lado do tempo."

Pude ver tudo com mais clareza. Agora, confirmava que o velho estava mesmo demente. Ao menos, morrera apaixonado.

Recordava as conversas sobre espiritismo que tivera com ele. Isaac se confortava com a ideia preconcebida da existência *post mortem* noutro plano mais elevado. "Imagine se tudo acabasse com o óbito; depois da morte, o nada. Ninguém suportaria o peso da vida, seria o caos...", ele sempre me dizia. Bem mais do que medo do desconhecido e da morte, eu lhe demonstrava todo o meu queixume, afirmando que não queria nascer de novo. Não neste mundo idiota. Nascer novamente não fazia o menor sentido para mim. Ele, paciente, explicava que não era simplesmente nascer de novo, mas renascer. No que eu, aflita e tentando colocar uma pedra no assunto, sentenciava que também não me interessava renascer nunca mais. Se dependesse só de mim...

Isaac acreditava na sobrevida das almas e em que estas devessem vagar um tempo antes de deixar o corpo, o invólucro, e partir para outra. Confiava na reencarnação e nutria planos de me reencontrar. Isso ficou claro.

A partir da leitura daquela carta eu passaria a viver acompanhada de uma espécie de presença fantasmagórica. Se houvesse imortalidade espiritual, será que Isaac estaria me espreitando? Guardando meus passos? Detestava zumbis. Para mim, tanto Isaac quanto Elvis estavam definitivamente mortos. E a eles o caixão, que aos vivos cabia um céu cheio de estrelas.

Bairro de Fátima

Os tempos ficariam bicudos. Por atrasar o aluguel, vi-me obrigada a entregar o conjugado e a arranjar uma vaga numa pensão no Bairro de Fátima. Perdera o emprego no comitê e não mais poderia contar com o apoio de Isaac. Fantasmas não costumavam ajudar no aluguel.

Mirela e Colossus foram parar na casa de uma outra amiga. Mas manteriam contato, sempre que desse. Assim que melhorasse a vida, voltaríamos a morar juntas.

"Eu sempre falava a Odara que era para ficarmos unidas na riqueza ou na merda. Mas ela queria mandar nas nossas vidas, queria ser a salvadora da pátria. Ela só tinha a mim e ao Colossus; éramos a família dela. Sabíamos que ela ia voltar; mais dia menos dia, voltava. Se ganhasse na loteria, ela vinha nos buscar, e, se não tivesse mais onde cair morta, vinha nos pedir socorro. Milionária, fodida, famosa, pela metade, inteira, que diferença fazia? Mas Odara nunca me ouvia. E, a cada problema, se escafedia."

Dona Celita passou a me visitar na pensão com certa constância e me cumulava de atenção e mimos. Aos poucos, fomos nos tornando mais cúmplices. No começo, eu insistia em discrições, e Celita nem ousava perguntar sobre meus casos rumorosos com Isaac e Miguel. Todavia não disfarçava o encantamento diante de mim — a menina que seduzira seu pai e o filho. Deveria pensar no que eu teria de tão forte para atraí-los. Uma menina magrinha, quase sem peitos, corpo normal; bonita e *sexy*, sem dúvida, mas tão comum, vulgar até.

"A princípio por mera curiosidade, e depois por pura excitação, eu me aproximei dela. Inventei uma carta póstuma que meu pai havia deixado e a procurei. Fomos nos conhecendo melhor, nos permitindo as diferenças, ficando cada vez mais íntimas e, admito, comecei a me interessar de verdade por ela."

Não me sentia à vontade com aqueles olhares dela, mas ouvia, atenta, uma Celita que desfiava, sem cerimônia, toda a sua complexa vida afetiva. Fora casada três vezes e infeliz em todas. Os Spavarolli eram um engodo; parentes reunidos sob uma fachada que disfarçava os desencontros, envoltos numa aparente paz doméstica e de conveniências. Acabei sabendo que, quando a esposa de Isaac era viva, eles não costumavam fazer sexo. Viviam como irmãos. Não combinava com o que eu conhecera. Comigo, o velho era ativo até em excesso. Um tarado insatisfeito, como se quisesse recuperar um tempo perdido. Mas achei melhor me manter calada e nada comentar.

Para dona Celita, seu pai, um proustiano sexual, só investira nessa aventura outonal com uma menina para tentar salvar seu lado machista maculado.

"Fui a primeira a ter notícia da existência de Odara, a namoradinha extemporânea do meu pai. O susto foi grande, já que nós sabíamos que papai estava impotente havia algum tempo. Eu era sua filha mais velha e me sentia, de alguma forma, responsável por seus atos. Notadamente os incomuns. Decidida a tentar

solucionar o caso, resolvi segui-lo. De táxi, vi-o pegar a menina, novinha, com cara de sua neta. Pararam numa churrascaria. Ela, esfomeada, avançava nas carnes e nos acompanhamentos como uma náufraga resgatada. Meu pai se deliciava só de ficar olhando para ela e babando. Naquela hora tive gana de lhe enfiar toda a comida da mesa goela abaixo e expulsá-la da vida dele, sem direito a explicações ou sobremesa. No fim, terminei não sabendo entender por que senti pena. Talvez fossem as olheiras dela ou o seu jeito carente de mascote alegre, mastigando alcatra e farofa de ovo. Era obrigada também a admitir que papai se apegara mais à vida após conhecê-la. Depois da morte de mamãe e de ter parado de trabalhar, seu mundo ficara cinza. Pelo menos, aquela maluca o motivara. Da pior forma, mas uma motivação. Quando saíram da tal churrascaria, ainda pude vê-los desfilando, de mãos dadas, como dementes. Fui acometida por uma espécie de vergonha alheia, incomodada profundamente para o caso de meu pai vir a ser reconhecido por alguém. O velho, ali, expondo-se daquela maneira, virando chacota e causando-nos constrangimentos. Ao lado da garota, não evitava lugares públicos e se mostrava como se desejasse as atenções, num tipo de exibicionismo doentio ou uma fugaz pretensão de agredir. No fundo, era um papel ridículo."

Isaac deveria estar saltitando na tumba. E não era para menos. Todas as intimidades expostas e vilmente comentadas. Se houvesse vida após a morte, nunca perdoaria a filha. Se não houvesse, então pouco se lhe importaria que nos lambuzássemos com suas baixezas, já que não estava nem ali, posto se encontrar apenas apodrecendo alguns palmos sob a terra, momentaneamente preocupado com vermes e baratas.

A verdade era que, sem ao menos perceber, eu e dona Celita estávamos próximas de um jeito que nem nós mesmas conseguiríamos prever.

Numa noite regada a vinho, um pouco a mais que o aconselhável, confessei-lhe minha real natureza: apesar de me sentir e me realizar como mulher, nascera homem. A reação de dona Celita foi imediata: "Não acredito. Meu pai, louco de paixão por um travesti? E o Miguel? Meu filho *gay*? Isso não é verdade! Você só pode ser louca!"

Celita Spavarolli ficara tão chocada com a revelação que quase desmaiara. Darinha não poderia ser um garoto. Como podia? Traços tão femininos, a voz, a pele, as unhas, tudo de menina...

Nesse instante, tirei com calma a roupa e mostrei minha genitália à atônita mulher. Tive um prazer especial em fazer isso. Quase sádico.

"Eu ainda não sabia que Odara era um travesti. Só viria saber do seu verdadeiro sexo por intermédio do Miguel, que ficou saindo com ela após a morte de papai. Meu filho confessou ter dormido com Odara no carnaval, quando descobriu que ela era ele. Estava envergonhado e colocava a culpa na bebida. Ele tinha medo de uma possível chantagem e achava que ela estivesse pensando num golpe qualquer. Eu não me surpreenderia. Esse tipo de gente não

se dava mesmo ao respeito e nem respeitava ninguém. E não se pode culpá-los. São discriminados, sofrem pressões e violências gratuitas, completamente à margem da sociedade. Como, então, esperar sujeitos razoáveis e cordatos fruto de todos esses fados?"

A vida e a alcova tinham seus mistérios, e a ninguém competia sabê-los. Nem o padre nem a vizinha de parede. A tudo se poderia atribuir, e várias coisas poderiam ser ditas, embora cada ser humano já nascesse com seus destinos, pecados e sinas, sem contar com todas as dúvidas e incertezas, as quais nem Jesus Cristo, pregado na cruz, saberia sanar. Pudera, em sua encarnação curara aleijados e cegos, mas nunca malucos. Com estes, apenas convivera.

Quando tudo indicava que dona Celita fosse ter um ataque, atentar contra a vida do veado com cara de mocinha, eis que se revelou sua maior contradição. Acabou se sentindo irremediavelmente atraída por mim. Como mulher ou homem. Ela ainda não sabia.

Dona Celita já descobrira sua tendência ao lesbianismo fazendo análise. O seu olhar sempre fora apaixonado pelo feminino. Depois de uma eternidade de casamentos frustrantes e com uma vida sexual quase inerte, cessou de culpar o sexo oposto. A bem da realidade, desde menina ela fora mais próxima da bola e do autorama que das bonecas.

Miguel Sávio, ao saber que sua mãe andava se encontrando comigo, ameaçou o segundo suicídio. Tomou uma surra inesquecível e teve a sua mesada cortada.

A família suspeitava que ele, além do álcool, se envolvera agora com drogas. Pudera...

De minha parte, nunca me imaginara tão *outsider* tendo um caso com uma mulher. Eu era também um homem, e penetrar uma fêmea, sentir-lhe a quentura, me perder e gozar dentro de uma boceta molhada era um enorme apelo. Ainda mais de uma senhora que, em determinados momentos, lembrava minha mãe.

Durante o tempo em que namorei Celita, além de trepar como Normando e ter reduzido a progesterona, pude aprender também quase uma vida. Fui apresentada à Sonata Op. 40 de Shostakovich e a alguns dos melhores tangos portenhos. Deixei um pouco de lado Maiakovski e me permiti encantar pela intensidade dos perfis psicológicos dos personagens de Clarice Lispector. Uma autora que conseguia passar mais de dez páginas falando de ovo e galinha só podia ser extraordinária. Aquilo mexeu comigo (e com a eterna dicotomia: uma hora Normando ovo; outra, Darinha galinha). Passei a amar Clarice. Andava de um lado para o outro com a *Paixão segundo GH* debaixo do braço ou na bolsa. Era minha bíblia. Perdi o medo de baratas com esse livro. E travesti que lia Clarice e não tinha pavor de baratas era tudo.

Não só na música e na literatura a vida ficara mais interessante. Minha percepção se alterou, meus sonhos nostradâmicos e ineptos arrefeceram, a alma se aquietou, ganhei uns quilinhos, perdi aquele aspecto de calabouço e passei a arriscar até alguns sorrisos fora de hora. Houve um momento que até ousei tagarelar.

Sexualmente, entendia minha evolução como um aprendizado. Fazer sexo com Celita era intenso e igualmente delicado, dependendo das disposições e posições assumidas. Só discordávamos quando ela se perdia em carícias, num abandono beirando o patológico, e eu, bem mais que Normando, carecia do ombro calmo da amante, e não do consolo de plástico que ela insistia em usar. Detestava ser comido por trás com um artefato sem vida, sem nervo.

Um detalhe ainda me impressionou mais que os demais: nunca nos beijávamos na boca. Sob nenhuma hipótese ou desculpa. Nem no mais tórrido do sexo nem no fugaz de uma simples despedida. Não recordava de haver conversado sobre isso ou mesmo de ter feito qualquer acordo com ela. O certo era que esse pequeno código de distanciamento, aparentemente, nos agradava.

Na nossa relação, a mentira, por mais perpetrada ou investigada que fosse, nunca se gastava. Quem ali era o homem ou a mulher? Ativos ou passivos, apenas gozávamos a luxúria e elegíamos o prazer, sob a forma que fosse, acima de quaisquer valores ou cerceamentos.

Assim seguíamos, mais satisfeitas que propriamente felizes.

"Nosso sexo era sempre envolto em sigilo e culpas a fim de dar molho e atiçar a libido. Darinha era um homem completo para mim. Com ele, fantasiava e assumia várias identidades

sexuais, me transformando em fêmea de verdade, oportuna homossexual e totalmente feliz e depravada."

Uma bela e incômoda manhã, despertei e, sem mais nem menos, descobri que não gostava tanto assim de Celita. Era como se a amante se transformasse, da noite para o dia, num apêndice a ser descartado. Concluíra se tratar de despropósito essa história de lesbianismo crônico invertido. Eu queria voltar a pensar no sexo como mulher, e minhas ereções ficavam cada vez mais difíceis. Celita se comportava como um homem fora da cama; dentro dela, virava mulherzinha se não portasse seu consolo de borracha. Um modelo que oprimia o natural e o preestabelecido. Não queria admitir, mas eu também estava ficando cansado de ser Normando.

Na véspera daquela manhã, recebi um telefonema de Friburgo. Era tia Adalgisa informando que a família rezaria missa de dez anos pela morte de minha mãe.

A notícia teve o impacto de um tijolo na testa. A simples conclusão de que haviam se passado dez anos e eu esquecera por completo de minha mãe me acendeu um sentimento de culpa que nunca experimentara. Não soube definir se o anúncio da missa terminara por interferir na minha intenção em largar Celita; mal ou bem, uma projeção materna.

De supetão, me veio a dupla decisão: abandonaria Celita e não iria à missa de dez anos de passamento de minha mãe. Nenhuma das duas projeções merecia meu alento. Quando me convinha, eu era de uma independência afetiva e uma frieza que chocavam.

Estava agora perto de completar dezenove anos e não havia ainda me habituado com isso. Tinha a impressão exata de ser mais velha. Para minha idade, em termos existenciais, tinha vivido um bocado. Uma infância complicada com suspeições de autismo clássico; a descoberta da homossexualidade; um romance caricato com um septuagenário; um caso *noir* com o neto; e, finalmente, a remissão *underground* com a filha dele e mãe do garoto, necessariamente nesta ordem. Uma folia atravessando gerações.

O certo era que as fases experimentais, pelo menos com a família Spavarolli, pareciam ter chegado ao fim. Bastava de aceitar riscos e tentar quebrar as regras.

Humaitá

Não era exatamente assim que pensava dona Celita, contrafeita e sitiada em seu apartamento no Humaitá, vendo-se, de uma hora para a outra, privada do calor e do sexo de Darinha. Não se conformava. Ela até poderia entender a minha juventude, os arroubos de me descobrir e me lançar às aventuras, o meu lado feminino gritando, a lagarta em busca da borboleta. Mas a paixão que Celita sentia por mim, mais ainda do que o amor verdadeiro, a cegava. Ia fazer tudo para me reconquistar. Que se danasse a borboleta...

Celita Spavarolli passou, então, a me fazer chantagens, dizendo que seu mundo ruíra; que vivia fechada em seu quarto, debaixo dos lençóis, olhos perdidos, ouvindo Gardel e vendo as horas passarem mendicantes; queixava-se de que a chuva desabara em sua vida, que na sua cama era só vinho derramado e que eram noites sem fim para seu amargor e saudade. Eu nem queria saber de suas penas, mas ela insistia, falando que nunca imaginara sentir assim a falta de alguém. Eu pensava comigo: "foda-se", mas não ousei lhe dizer.

"Como na vida ou na novela é o detalhe que revela a vilã, comecei a receber chamadas telefônicas altas horas da noite, meio da madrugada, anônimas, ou quase. Atendia e nenhuma voz do outro lado. Todas as vezes o mesmo ritual calado. Já conhecia aquela velha artimanha. O melhor disfarce de Darinha era a mudez planejada, o branco das palavras que torturavam, o maquiavelismo do silêncio. O doido tinha tanto orgulho dessa sua tática que não media o remorso das palavras que não dizia. Passávamos horas só ouvindo arfares, suspiros e a nossa respiração pesada, como numa recíproca masturbação sem sentido. E era sempre ele que desligava. Confesso que sentia indescritível prazer na noite perdida dessa forma. A chuva parava, e eu podia tomar de volta meu vinho. Até Gardel parecia agora menos melancólico. Preferia viver a calma do amor perdido a tê-lo ressuscitado em planos mais arriscados. No meu abandono no Humaitá, alimentava o tênue prazer de cultuar o que morreu e esquecia do vivo. Era-me mais fácil assim."

Barcelona

Enquanto dona Celita pendia no cadafalso das paixões perdidas, eu saboreava a independência das solteiras, inebriada pela aura dos mais jovens, livre e solta, cumprimentando vizinhos taciturnos, acenando a desconhecidos na farmácia, acreditando num mundo quase cor-de-rosa. Minha alegria transbordava, podendo ser percebida de longe, estampada na face; no sorriso franco, um tanto enigmático; ou no caminhar leve, quase levantado do chão e equilibrado pelo balanço dos braços. Era a mais feliz das felizes, respirando uma momentânea autonomia ontológica e homossexual.

Pega de surpresa, recebi uma carta. O endereço era de Barcelona. Remetente: Armando Coelho. Decerto meu pai mudara para a casa da sua mulher espanhola. Não tinha notícias dele fazia tanto tempo que demorei a concatenar as ideias. Passados alguns segundos, fiz menção de rasgar o envelope. Em seguida optei por guardá-lo na bolsa. Estava com sono e precisava dormir. Meu pai não valia nada. Jamais o perdoaria por ter me abandonado em hora tão delicada; trocado minha mãe e a mim por uma amante, sossego e vida boa. Era, enfim, um infame que não merecia nem piedade, quanto mais atenção. Mas era meu pai, e essas coisas de sangue e hereditariedade nunca foram bem explicadas.

A primeira coisa que fiz, no dia seguinte, foi pegar a tal carta. Fiz menção de abrir o envelope, mas logo desisti. Joguei a carta na gaveta. Quem sabe até um dia eu lesse, mas, no momento, estava mais preocupada com meus fantasmas financeiros. Faltavam grana e crédito. O fundo do poço se aproximava.

Flertava seriamente com a possibilidade de sair do país. A razão poderia ser a absoluta falta de perspectivas. Alguns pensamentos pessimistas insistiam em me perseguir, embora o que mais me acompanhasse fosse a monotonia. Não sabia conviver com a possibilidade de nada acontecer de forte e impressionante na vida. Tudo fastidioso e morno como o mormaço de meus atuais e cada vez mais quietos dias.

A volta às ruas e ao michê barato era quase inevitável. Ficava enjoada só de pensar. Na minha opinião, ser travesti era ao mesmo tempo trágico e antropológico. A verdade era que eu percebia a necessidade de sexo e, na prostituição, poderia satisfazer meus desejos e fantasias. Isso compensava. Mas necessitava do arbítrio e da escolha, para mim fundamentais. Não ia transar com qualquer um, nem por todo o dinheiro do mundo.

Para aplacar essa ansiedade, voltei-me para a leitura. Meus olhos vidrados nas páginas transformavam a viagem nos livros no meu conforto e abandono.

Num sebo, descobri um exemplar amarelado de uma peça de Sartre. Imediatamente, apaixonei-me pela personagem Lizzie, da peça *A prostituta respeitosa*.

Dias depois, coerente ao tema, embrenhei-me pelas bibliotecas e pesquisei sobre as grandes cortesãs. Admiti meu fascínio por Messalina e Pompadour. A primeira, pelo preparo físico e determinação; a segunda, pelo olhar empresarial.

Do romance do peruano Vargas Llosa, *Pantaleão e as visitadoras*, inspirei-me na personagem Olga Arellano, *la brasileña*. Sonhava um dia ter igual poder de sedução.

A partir desses encontros literários com o mundo da prostituição, dei início a uma íntima aventura fantasiosa. A partir daí, criei mentalmente a personagem de uma meretriz com problemas de fala; uma prostituta muda, obstinada, um travesti que sobrevive do comércio do seu corpo sem dar uma única palavra.

Deixando solta a imaginação, elaborei estratagemas e normas de procedimento, tais como: nunca me entregar totalmente; preservar minha intimidade psicológica; não ter pena de mim mesma ou do próximo; e, se possível, obter algum proveito, seja em valores materiais ou inesperados orgasmos. Era, a bem da justiça, uma grande puta teórica.

Premida pela dureza e decidida a levar a sério a opção de me transformar, temporariamente, num travesti de programa, calculei uma saída mais charmosa e que me pudesse ser mais rentável. A vida, recebendo caramínguás em troca de dar o rabo e chupar paus sujos, não me seduzia. Sabia de uma conhecida que trabalhava para uma agência de viagens e vivia falando maravilhas da Europa e de como descolar dinheiro fácil. "Eles adoram os travestis brasileiros", falava. Com otimismo, via a possibilidade de sair do país e abraçar o velho continente. Lembrei, então, do meu pai, que devia andar por lá. A pista era a carta que ele me mandara, selada de Barcelona. Corri para pegá-la no fundo da gaveta, respirei fundo e abri o envelope, com cuidado e um certo temor.

Plaça de la Mercê, 65, Ribera, Barcelona, Espanha. Na carta, ele confessava suas saudades e remorsos, enaltecia a nova pátria que o acolhera, destacava a generosidade da mulher, lamentava o sufoco que fora sua vida no Brasil e, o principal, deixava pistas de que queria fazer algo por mim, seu único filho.

A mulher dele, Mercedes, havia sugerido que me mandassem uma ajuda, espécie de aporte financeiro, para as despesas básicas. Perguntava sobre meus estudos, se estava na universidade e coisas afins. Logo pensei no curso de biblioteconomia. Eles poderiam ajudar. Mercedes não pudera ter filhos; além do mais, tinha posses e euros sobrando.

Nesse momento, comecei a aventar a possibilidade de me mudar para a Europa. Escrevi de volta, choramingando misérias, criando expectativas de filho solitário e ansioso por reencontros familiares, mostrando claramente o desejo de passar umas férias com eles, em Barcelona. Se fosse possível, que me mandassem as passagens aéreas.

Seu Armando nada sabia sobre a minha opção sexual, nem sequer desconfiava que seu filho único se tornara travesti. E, por enquanto, era melhor assim.

Carta no correio, eu já me considerava uma catalã. Imaginava a nova fase no estrangeiro. Desconhecida e sem ninguém para me poder fazer mau juízo, dava vazão à fantasia de experimentar uma vida que supunha repleta de novidades e movimentação. Bem a minha cara.

Era provável que nem precisasse fazer programas por lá. Afinal, a minha madrasta espanhola não era rica? Poderia conquistá-la e tornar-me herdeiro. Só me prostituiria, então, por prazer. Meu corpo daria àquele que viesse a me interessar de alguma forma. Ou até por capricho. Só a mim caberia a decisão. Um sonho de vida...

A todo momento eu perguntava à dona da pensão se havia chegado correspondência. Meu tempo era somente para esperas e preparativos: comprei um guia da cidade de Barcelona, mandei consertar o fecho da mala, quitei algumas contas vencidas e aguardei.

Alguma coisa me dizia que também seria bom mudar meu jeito. O pai e a madrasta não aceitariam uma Odara de chofre. Roupas masculinas, tênis, um corte no cabelo e deixar crescer as sobrancelhas. Nada de esmaltes, batons carmim, cílios postiços ou bolsas. Ainda existia dentro de mim o velho Normando, hábil e interesseiro.

ASPASIA

Santa Teresa

As horas e os dias passavam arrastados, e eu, uma obsessiva, só tinha cabeça para a carta-resposta do meu pai.

Prevendo alguma possível dificuldade de comunicação, procurei por um dicionário espanhol numa biblioteca. Mesmo para quem não era dada a falar, um pouco de familiaridade com o castelhano seria bem-vindo. Afinal, uma profissional do sexo teria de falar o mínimo, nem que fosse para dizer seu preço.

Mergulhada em fantasias, escolhi meu nome de guerra para Barcelona: Aspásia — uma homenagem à memorável hetaira, grau mais elevado de uma prostituta da Grécia Antiga. Originária de Mileto, a notável mulher, amante de Péricles, convivera com Sófocles, Fídias, Sócrates e seus discípulos, conhecendo e influenciando políticos importantes de sua época. Uma justa homenagem e uma escolha tanto adequadamente histórica quanto chique.

A carta chegaria dali a uns quatro dias. Meu pai e Mercedes perguntavam pela minha conta bancária a fim de enviar o dinheiro para as passagens e pediam para que telefonasse, avisando o dia e a hora da chegada. Como a filha do poeta no samba clássico, eu estava decidida e já anunciava a hora da partida sem nem ao menos saber o rumo que tudo aquilo iria tomar.

Assim que descobriu que eu estava de malas prontas rumo à Europa, Celita não se conteve. De início, ela quis cortar os pulsos. Logo, porém, deve lhe ter vindo à mente a figura ridícula do próprio filho-suicida, e ela mudou de planos. Não demorou, procurou-me e, por sua total insistência e algumas ameaças de escândalo, concordei com um encontro num bar afastado, em Santa Teresa.

Cheguei dez minutos depois da hora marcada e avistei-a numa mesa bem ao fundo. Quanto mais escondido, melhor. Dois beijos, um em cada face, sem encostar os lábios, num cumprimento frio e protocolar como a ocasião exigia.

Celita chamou o garçom modorrento e pediu rum com gelo e rodela de limão: "Não temos, senhora." "Não temos o quê? O rum, o limão ou o gelo? Quem sabe, o copo?" O garçom ouviu aquilo e achou muito estranho. "Está tudo bem, senhora?" Intervim e tentei convencê-lo: "Claro, está tudo ótimo; em vez do rum, pode trazer uma cerveja e dois copos." O garçom saiu, ressabiado. Celita abaixou a cabeça, apertou as mãos nas orelhas, como se estivesse ouvindo um barulho agudo e intermitente. Assustei-me: "Celita, tem certeza de que está tudo sob controle?" "Como você quer controle numa hora dessas?" Tentei contemporizar: "O importante é manter a calma." "Só ficarei calma depois de botar pra fora tudo que penso de você." Aceitei. Não via outra solução. Celita prosseguiu: "Além de boiola metido a besta, um descarado, um filho da mãe..." Interrompi e aproveitei a deixa: "Não está claro que substituí a figura da minha mãe em você?" E ela, furiosa: "Mãe!? A gente não trepa com mãe!" Quis invocar os edipianos, mas percebi a tempo que não seria uma boa estratégia. Nesse momento Celita parou, pôs as mãos na testa, os cotovelos sobre a mesa e começou a chorar sem saber se era algum sentimento honesto ou pena de si mesma.

O garçom, indiferente, chegou com a bebida e perguntou se pediríamos algo mais. Agradeci e disse querer só um pouco de privacidade, acenando para ele sair. Ele fingiu não entender. Todavia, com toda a sua experiência, sabia que era hora de se retirar. Daquela mesa não sairia nada. No máximo, uma confusão.

Copo entornado num gole, Celita me pediu uma nova chance, me jurou amor dedicado, paixão absoluta. Depois, implorou para que não viajasse e não a abandonasse à própria sorte ou azar. Ela faria tudo. Seria até meu cachorro de estimação como naquela música francesa que a Maysa cantava.

Senti-me fortemente incomodada com aquele teatro barato. Jamais esperaria isso dela. Afinal, ela bem podia ser minha mãe.

Depois da cerveja, pedimos caipirinha e uma porção de azeitonas pretas. Da caipirinha, passamos para o conhaque, mais de cinco, e terminamos embriagadas, despedindo-nos como comadres. Eu prometi escrever da Espanha toda semana, e ela iria tocar a sua vida e não ser tão infantil.

Cada uma fora feliz a seu jeito, e nos restara a marca de um desejo contrariado. Para Celita era mais uma catástrofe sequencial, e para mim encerrava-se definitivamente o ciclo traumático com os Spavarolli. Era o suficiente. Nada mais me prenderia por aqui. Disfarçada de Aspásia, Barcelona seria minha próxima parada.

"Odara veio me procurar uma tarde, dizendo ter um assunto de vida ou morte. Trazia os olhos vermelhos de tanto chorar. Abraçou-me, soluçando, e implorou para jamais abandoná-lo. A princípio, fiquei sem entender. Abracei-o forte, de volta, e procurei confortá-lo. A seguir, pediu-me para irmos a qualquer bar, pois tinha de beber algo urgente. Seguimos para Santa Teresa, a um restaurante de uma amiga. Estava preocupada e um tanto assustada com seu estado. Nunca antes tinha visto Odara daquele jeito. Logo que chegou, arrumou uma confusão com o pobre do garçom.

Aos poucos foi se acalmando. Ia para a Europa, atrás do pai. Precisava esclarecer alguns pontos obscuros do seu passado. Havia uma madrasta na história. Na hora, pareceu-me que Odara estava interessado nisso. Mais especificamente na grana que isso envolvia. Lembrei-lhe que madrastas significavam má sorte. Mas ele sabia de antemão todos os riscos que correria. Tinha-os bem calculados. Repetia sem parar para que eu nunca o esquecesse, que o esperasse, que ele voltaria uma outra pessoa. Necessitava apenas de um pequeno empréstimo para os iniciais dias em Barcelona, pois não gostaria de depender totalmente da boa vontade deles. Além do quê, estaria em terra estranha, sem falar bem a língua. Aquiesci e disse a ele para se tranquilizar. Tinha algum guardado na poupança e não seria problema lhe emprestar.

Pela primeira vez, beijou-me na boca. Jamais tinha feito isso, nem na nossa maior intimidade, quanto mais em público. Se bem que o lugar estava vazio àquela hora. Mesmo assim, foi o nosso primeiro beijo de língua.

Bebemos a isso, uns conhaques, e terminamos embriagadas. Lembro de um momento em que começou a latir e a imitar um cachorro, dizendo que era meu cãozinho de estimação, enquanto cantava, ou tentava cantar, imitando Maysa, ne me quitte pas. *Odara era mesmo um doido varrido. Ia sentir falta dele."*

Galeão

No saguão do aeroporto, uma hora antes do meu embarque para a Espanha, vestido de Normando e com Aspásia na cabeça, aguardava, lendo um livro de contos de João Antônio que comprara no camelô. Percebia na escrita do contista os rufiões, escroques, mandingueiros, pés-inchados, mequetrefes, enfim, os personagens com os quais bem provavelmente me veria obrigada a lidar, caso não estivesse, providencialmente, escapando para o exterior.

Podia ser maluquice, mas tinha alguma coisa me dizendo que poderia me tornar famosa na Espanha.

Eu ali no aeroporto, confusa, tentando mudar bruscamente de vida, e lá fora era quase fim de tarde. Travestido de Normando, sofria com o travo amargo de estar tão só. Um hermafrodita do Terceiro Mundo com sua sexualidade oprimida e se arriscando em farsas. Ainda não me achava segura no papel de rapaz e, muitas vezes, mesmo sem a maquiagem, me via menina no espelho.

Terminei de ler mais alguns contos e concluí, com o saber do viés dos desesperados, que um sorriso nem sempre consegue disfarçar a melancolia estampada do palhaço. Nada de Aspásias ou Odaras, ainda teria de me fantasiar de Normando, viver como um homem e me portar como um filho minimamente macho se pretendesse alguma chance com meu pai. Haveria de ser um grande palhaço, disfarçando e negociando, na véspera de encarar um picadeiro quase desconhecido, um mundo de gente estranha em uma aventura com cara de queda de trapézio. Uma vida quase circense. Sabia que, no fundo, não do poço mas de mim, eu me via impelida a ser bem convincente naquela trama de voltar a ser Normando. Afinal, mentir para si mesmo era mentir o mais perto da verdade.

Primeira chamada. A voz melodramática e maquinal anunciava que meu voo já estava aceitando embarques. Preferência para as crianças de colo, mulheres grávidas, idosos e demais ferrados circunstanciais. Ficaria, por precaução, no fim da fila.

Embarque no portão B. Frio na barriga. Senti pela primeira vez o chão me escapar dos pés. Não quis, mas me vi obrigado a repensar a vida. Tudo à minha volta soando falso como discurso de palanque. Assustei-me com o corpo a tremer e a ligeira sensação de vazio, de prévia tontura. Alguma inconveniente fobia se manifestando. Já não era sem tempo.

Ao meu lado e na fila de embarque, arrastando malas e sacolas, pessoas diversas: umas mais exóticas, outras como rebanho e algumas aparentemente normais. Via novos-ricos e os remediados de sempre. Todos em direção ao incerto, ao futuro, ou talvez iguais a mim, ansiando esquecer o passado.

Adentrei numa espécie de túnel em forma de sanfona, destino aeronave. Não dava mais para retroceder. Era tudo ou nada. A aeromoça sorriu e, com cara de sonsa, deu boas-vindas. Fila 17, assento da janela. Tudo o que eu queria era um passageiro vizinho cordial, amável e, se possível, monge franciscano para rezar e pedir a Deus por todos, preferencialmente pelo comandante do avião. Olhei pelo vidro da janela e senti vontade de gritar: "Barcelona, aqui vou eu. *Adiós*, ralé!" Peguei o fone de ouvido, liguei no braço da poltrona e ouvi os acordes iniciais de *Putting out the fire*, com David Bowie. Podia ser um sinal positivo.

Na poltrona do corredor, sentou-se um rapaz bem-apessoado, jovem, com óculos de aro de tartaruga, maleta na mão esquerda e livro nas axilas. Não tinha cara de monge franciscano, mas era bonito. Colocou alguns pertences no bagageiro, acomodou-se e apertou logo seu cinto. Devia ser ansioso. Observei-o de rabo de olho, mas não perdi nenhum movimento. Parecia bem-educado e discreto. Ainda não havíamos, porém, cruzado os olhares. Seria turista ou viajante a negócios? Por que estaria indo para fora do país? Não tinha cara de estrangeiro, apesar dos traços finos e dos olhos claros e opalinos.

Passaram os primeiros comissários e aeromoças. A lengalenga de sempre, instruções óbvias, com a agravante de repetidas em inglês. Mas para mim tudo era novidade. Dali a pouco o avião levantaria voo. A luz para apertar o cinto de segurança foi acesa. Coloquei minha poltrona na posição vertical e, por um momento, esqueci do passageiro ao lado. Concentrei-me agora na decolagem. Fechei os olhos, rezei uma ave-maria e pedi tempo bom, céu de brigadeiro e muita paz e inspiração para o piloto. Fosse automático ou não.

Com quinze minutos de voo, recomeçaram os procedimentos do serviço de bordo. Olhei para o passageiro do lado e esbocei um sorriso simpático. Ele retribuiu timidamente.

Surgiu no corredor um prestimoso comissário de bordo e perguntou o que gostaríamos de beber. Nessa hora, quase entrei em pânico: o tal comissário tinha o mesmo olhar e as feições do falecido Isaac. Como se fosse ele bem mais novo. Um arrepio me correu o corpo.

Seria possível que o espírito desencarnado de Isaac planejasse me perseguir por onde andasse? Até nas nuvens? Bem, nas nuvens faria até certo sentido, por estar mais próxima dele teoricamente.

Uma das razões de sair do país foi fugir da nefasta influência desses fantasmas. Sentia-me seguida pelas ruas. Evitava becos, ruelas e avenidas sem movimento ou mal iluminadas. Olhava para trás e enxergava vultos que sempre sumiam quando eu me voltava. Contudo, era mais do que nítida a sensação da presença incômoda de alguém, espécie de espectro, a me observar furtivamente e a me vigiar os passos. Se já temia o que sabia, imagine aquilo que desconhecia.

Foi quando o passageiro do lado interrompeu meus devaneios e falou, sem mais aquela: "Mesmo na mais intensa claridade não há quem possa se esconder do breu..."

Tomei um susto maior ainda do que o da decolagem. Por que motivo me dissera aquilo?

Com o fito de elucidar o mistério, o moço foi logo explicando: "Acabo de ler essa frase e não resisti. Não é maneiro? Pode crer."

Arregalei os olhos e não consegui fechar a boca, cheia de espanto. O rapaz percebeu, e perguntou: "Você gosta de ler?"

Nenhuma palavra. Mantive-me quieta. Queria lhe dizer sobre todos os livros que lera. Mas nada saiu de minha boca. O rapaz insistiu: "Você fala português?" Balancei a cabeça afirmativamente. Mais um pouco e o rapaz, decepcionado, concluía: "Desculpe, meu amigo, devo estar incomodando..."

"Meu amigo"?! Nessa hora eu caí em mim e lembrei que estava vestida de Normando. Procurando manter a classe, mesmo com o sorriso sem graça, olhei nos olhos dele. Como desejaria que ele entendesse. Não era homem, não era amigo, apenas falava pouco, prezava o silêncio. O meu silêncio.

O rapaz, então, pareceu encerrar a questão: "Cara, se você prefere não conversar, tudo bem..."

Eu pensava: Você nem imagina, meu bem; nem sabe como estou me sentindo péssima dentro destas roupas masculinas, cabelo curto, unhas sem esmalte, sobrancelhas enormes, sem brincos, pulseiras, sofrendo porque estou perto de reencontrar o calhorda do meu pai, que me abandonou para se casar com uma espanhola cheia da grana e...

Fui interrompida por ele: "A primeira viagem de avião é assim mesmo. A pressão atmosférica deixa a gente um pouco afetado. Pode crer..."

Estaria aquele pretensioso insinuando que eu era afetada? Não gostei nada. Para falar a verdade, nem Normando.

O rapaz aproveitou a pausa e se apresentou: "Meu nome é Pablo, prazer." "O meu é Normando. Normando, afetado!"

Rimos e quebramos o gelo. Dali para a frente, eu não ficaria mais tão calado e fechado, e Pablo se surpreenderia com o charme e o lado sensível de seu companheiro de voo.

Com pressão atmosférica ou não, seguimos a viagem nos conhecendo com calma. Pablo era solteiro, morava sozinho, adorava falar "pode crer", e sempre que podia ia a Barcelona visitar alguns amigos; nascera em Pernambuco e saíra de lá ainda criança; aventureiro, amava a liberdade, a vida e não tinha preconceito com nada; aberto a emoções, também adorava ser surpreendido.

Normando gostou de saber que ele se importava com a liberdade e não era preconceituoso. Já Odara amou o fato de ele adorar surpresas.

Um momento de preocupação quando o comissário retornou com os refrigerantes e nos sorriu. Apavorada, percebi naquele sorriso o mesmo ricto frio e indecifrável do falecido Isaac. Apanhei o copo de plástico com as mãos trêmulas. Pablo, admirado, poderia imaginar que eu sofresse de início de doença de Parkinson. Deve ter pensado, mas não ousou me perguntar. Ainda não sabia que o meu mal era outro.

Enquanto aguardávamos por nossas malas na esteira do aeroporto, Pablo, após um longo e calculado silêncio, comentou baixinho: "Você já reparou, Normando, que tem mais solidão num aeroporto que num quarto de hotel? É, pode crer..."

Suspeitava que Pablo já devia saber que, por trás da minha roupa e pose disfarçada de homem, alguma coisa mais se escondia. A despeito de tudo, eu tinha decidido: estava completa e loucamente quase me apaixonando por Pablo. E quase, para mim, já era uma extrapolação. Pode crer.

Meu pai e minha madrasta estavam me esperando lá fora. Troquei endereço e número de telefone com Pablo, e prometi que nos encontraríamos. A urgência tinha várias desculpas: um amigo dele, dono de um restaurante cuja especialidade era salada de vieiras *al vinagre*; uma adega perto da casa dele, com o melhor vinho da região, o Pia de Bages; o *cocido catalán*, que ele aprendera a fazer. Enfim, motivos de sobra para nos vermos de novo.

Era dominada por uma nova sensação, taquicárdica e insuspeita, com o ar faltando e minhas pernas trêmulas. Só podia ser paixão das boas. Já deviam ser os ares d'Espanha.

O beijo de despedida foi uma nova surpresa. Em vez de polido na face, rápido e estalado na boca. Agora sabia que o amor balançava e fazia dançar. Durante o brevíssimo tempo daquela troca urgente de lábios e nos segundos seguintes, pareceu-me estar ouvindo um tango de Discépolo, daqueles que Celita Spavarolli costumava ficar escutando.

Plaça de la Mercê, Cataluña

Mercedes, minha madrasta espanhola, era muito atenciosa comigo. Na verdade, extremamente atenciosa, quase insuportavelmente atenciosa. Uma chata. A toda hora, sob qualquer desculpa ou motivo, vinha me oferecendo apoios, préstimos diletantes e pitacos. Bastava me descuidar, e estava ela a promover suas interferências voluntárias. O que comer, hora de acordar, melhor horário para isso, para aquilo, a roupa adequada, o que fazia bem à saúde. Era uma desagradável tentando agradar. Nada mais patético.

Armando, meu pai, alheio a tudo, como sempre, apenas acompanhava de longe. Como se estivesse usufruindo a presença do filho a fim de poder viver mais sossegado. Um oportunista de nascença.

Eu só tinha um pouco de alegria quando saía com Pablo. Mercedes implicava com ele, dizendo que não tinha pinta de boa coisa, um tipo suspeito, jeito de encostado, um malandro de boa cepa e péssima companhia para o enteado.

Meu pai fingia que não era com ele. Para Mercedes, dizia que não era tanto assim, que o amiguinho de seu filho merecia crédito, e a mim, aconselhava paciência, que relevasse as opiniões severas da madrasta, mulher bastante rigorosa, observadora e implicante. Mas fazia tudo isso por bem, por me querer o melhor, e isso era um ótimo sinal.

Tinha de aturar aquela incansável tutora espanhola. Engoliria sapos, pedras e sapatos. Estava na casa dela, sustentado por ela, e a valsa tocaria da forma que ela quisesse.

Abaixaria a crista e me tornaria dócil e obediente. Por aquela oportunidade em Barcelona eu daria um braço. E me submeteria às vontades e manias dela; afinal, ninguém é alto o suficiente que não possa rastejar. E eu sabia que nem era assim tão alta.

A aproximação com Pablo aumentava dia a dia. Não demorei a descobrir que ele era um *chapero*, garoto de programa pelas ruas de Barcelona: "Sabe, Normando, meu passado é meio complicado." Eu, tentando me manter solidário: "Ninguém, se prestar atenção, tem um passado totalmente limpo." Pablo nem ouviu: "Mas não tenho vergonha do que faço e também não gosto de esconder nada de ninguém. Quem quiser gostar de mim tem de ser do meu jeito..."

Vi, então, o momento certo de me abrir com ele: "Lá no Rio, todos me chamam de Odara." "Eu sabia..." "Como assim, sabia?" "Desde o primeiro momento, no avião." "Verdade?" "Pode crer, você não tem cara de Normando. Adorei Odara, belo nome de guerra." "Tinha pensado em Aspásia." "Também é bom."

Bem mais animada, eu lhe confessava minha verdadeira vocação sexual. Sentia, via, pensava o mundo como uma mulher. Só nascera no corpo errado; mas não cogitava uma operação. Iria me manter naturalmente assim, como um rapaz presenteado com uma beleza feminina particular. Só estava escondendo a verdade por causa do meu pai e da madrasta carola.

Para Pablo, tanto fazia, travestis não eram homens nem mulheres, simplesmente veados: "Você precisa se decidir: Odara ou Aspásia?" A resposta veio rápida: "Na Europa, serei Aspásia."

Começamos logo a planejar a formação de uma dupla. Aquela coincidência só podia ser um claro indicador do destino. Ele conhecia muita gente em Barcelona, sabia todos os caminhos, e eu, ou melhor, Aspásia, possuía um corpo quase perfeito, além da boa vontade e a sorte das iniciantes. Pablo faria de mim um travesti *porno star*, ganharíamos uma bela grana para viajar por todo o continente: "Meu nome de certidão é Pablo, mas na noite de Barcelona sou conhecido como David." "Por que David?", perguntei. Pablo fez uma cara triste, e seus olhos opalinos foram longe: "Vem de David Niven, um ator inglês que meu pai adorava." "Adorava?" "Ele já morreu." "Seu pai ou o ator inglês?" "Ambos."

Havia um conhecido de Pablo — uma espécie de padrinho ou protetor —, sócio de uma casa noturna, o Palacio del Relax, que era quem lhe arrumava os clientes. Ele havia convocado Pablo, ou melhor, David, para um festival pornô que aconteceria em Almeria e Málaga. Uma semana de filmes, desfiles, feira de novidades eróticas, enfim, tudo relacionado a sexo e pornografia. A chance de ouro para apresentar Aspásia a um produtor da indústria de cinema pornô ou um milionário excêntrico e carente: "Pablo, estou um pouco insegura." "É normal." "Se não sentir prazer, devo, mesmo assim, fingir que estou gostando?" "Melhor não desagradar o freguês." "Será que consigo?" Pablo, paciente, explicava: "Imagine que você está atuando. Como numa cena de novela, ou melhor, um filme pornô." Minhas dúvidas não terminavam: "Todos os travestis fingem orgasmo?" "Passivamente, sim, além de que os estrangeiros adoram os brasileiros porque eles têm fama de gozar à toa." Fui definitiva: "Melhor assim, que terminam mais rápido."

Penoso foi convencer dona Mercedes sobre a viagem. A saída foi inventar um parente de Pablo em Málaga, e que não demoraríamos muito por lá. Só o tempo de vê-lo pela última vez; estava para morrer, o pobre, de uma hora para outra.

Apesar de católica fervorosa e temente aos desígnios de Deus, ainda mais nesses casos de despedida de moribundos, Mercedes foi contra. O caso era que não acreditava em nada que viesse de Pablo.

Diante do impasse, fiz meu pai prometer que intercederia. O velho mandrião, usando toda a lábia, chamou sua mulher espanhola para uma conversa. De início, foi citando um provérbio chinês que indicava que os pais tinham somente duas obrigações com os filhos: dar-lhes raízes e asas. Ademais, não queria ver o filho como os construtores de pontes, que, depois de erguê-las, nunca as atravessam. "E Normando nem engenheiro é", ele disse, "nunca saberia construir uma ponte. Que, então, ao menos a atravesse."

Mercedes não atinou bem com a lógica daquele argumento da China, contudo deixou-se convencer. Podia não fazer sentido, mas era bonito. E, no fim, aquele menino esquisito nem era seu filho mesmo.

A conversa mole do meu pai, era obrigada a admitir, tinha a eficiência de um punhal afiado. Certamente lhe puxara esse dom, já que meu silêncio também era uma faca amolada.

Sem Mercedes no caminho, e com o dinheiro adiantado do protetor de Pablo, contávamos os dias para a viagem. Málaga que aguardasse David e Aspásia.

Almería e Málaga

A primeira impressão quando cheguei a Almería foi péssima. O lugar onde ficaríamos hospedados era extremamente simples, quase miserável, sem a menor infraestrutura, um casebre disfarçado de albergue. As pessoas que atendiam eram mal-encaradas, os quartos escuros e abafados, um único banheiro coletivo, lençóis e cobertas mais parecendo tapetes usados, assoalho gasto e com percevejos, armário cheirando a mofo, paredes com desenhos e dizeres pornográficos, e osgas passeando pelos tetos. De início, sentindo-me desprestigiada, avisei que não ficaria naquele pardieiro, mas Pablo explicou que seria apenas por uma noite.

Ficaria no quarto maior, com duas camas-beliche. Umas duas horas depois entenderia o porquê das duas camas: chegaram mais quatro mulheres — três búlgaras e uma romena. Elas também participariam do festival.

Estranhei que as mulheres se mostrassem acostumadas e não ligassem para a pobreza do lugar. Ao contrário, sentiam-se bem à vontade e descontraídas. Talvez fosse efeito de alguma droga, o fato era que pareciam descontraídas até demais. A romena se alojou na cama de cima do meu beliche, e as três búlgaras se dividiram no outro. Na cama de baixo, duas formavam um casal e deitavam-se abraçadas. A romena ainda tentou puxar conversa, mas eu não entendia uma só palavra. Trocamos nomes e alguns gestos incompreensíveis. Do outro lado, o casal de búlgaras se beijava enquanto a outra de cima roncava alto. Não era, definitivamente, um começo de vida profissional animador, e eu passei, ou melhor, Aspásia passou a temer pelo pior.

O tal festival de sexo reunia vários grupos de artistas mambembes que se revezavam num palco improvisado numa praça, apresentando pequenas peças de teatro, com textos originais medievais, de raízes religiosas e profanas. Tudo para preparar e emprestar algum cunho artístico ao número final de nudez quase explícita.

Uma, em especial, a do julgamento de duas jovens, acusadas de prática de bruxaria, chamava a atenção. No fim, após todas as formas de humilhação e demais perversões, as duas jovens, despidas, eram enfim punidas e queimadas, com tecidos amarelos e vermelhos, simulando as chamas.

O clima libidinoso reinava, e o povo, com o vinho correndo solto, cada vez mais animado e sem freios. Alguns agentes, no melhor estilo cáften, ofereciam os serviços e préstimos sexuais de seus pupilos.

Pablo me apresentou a um homem balofo, com cara de dono de açougue, que seria, a partir daquele instante, meu contato e responsável por meu trabalho. Aspásia, a novata *brasileña*, começou a desconfiar que estava metida numa arapuca.

De madrugada, de volta ao alojamento, reencontrei as búlgaras e a romena com um aspecto de pós-maratona. Também eu estava arriada. Perdera o número de vezes que fora obrigada a ter relações com os mais diferentes e asquerosos tipos. Trazia marcas pelo corpo e o ânus dolorido.

O curioso era que tivera um início de orgasmo com um senhor de meia-idade, calvo e bêbado. Houve um momento em que lembrei de Isaac e cheguei a me impressionar, quando ele me pegou pelos quadris e me virou na cama. Podia até jurar ter ouvido os mesmos ruídos plangentes e frêmitos ressentidos que o velho Isaac costumava fazer.

A semana toda do festival foi dureza, resumindo-se a precária alimentação, ingestão de entorpecentes e energéticos, transas com clientes, desfiles particulares para alguns senhores cheios de taras, sessões de fotos suspeitas e *stripteases* ligeiros em boates escuras e fedorentas.

Pensei vender minha alma ao diabo, como na lenda de Fausto, mas o diabo era achar o diabo e conseguir negociar.

Não via a hora de voltar para a casa do meu pai. Estava assustada. Minha estreia como michê na Europa fora um desastre.

Caldas de Taipas, Zamora

Para agravar ainda mais a situação, soube por Pablo que não voltaríamos para Barcelona, pois ele havia assumido um compromisso de irmos a uma festa em Caldas de Taipas, município de Zamora, fronteira com Portugal. Pessoas influentes e algumas figuras da política tinham reservado a cidade para encontros furtivos. Já estava se tornando quase uma tradição no lugarejo, uma vez que todo ano realizavam esse evento clandestino, e ser convidado era uma questão de prestígio e também de euros.

De início, quis recusar e ameacei fugir, embora não tivesse a menor ideia de como sair dali. Ainda por cima, fora ameaçada. Pablo avisou que era gente graúda, perigosa e que não se prestava a brincadeiras. Corria muito dinheiro, e a máfia do sexo local estava metida até o pescoço.

"Tinha algo nele que me perturbava. Um travesti sonhador como tantos que conheci. O que fazia a diferença era a sua absoluta incoerência. Como Aspásia e David, fizemos uma parceria fantástica. Ele parecia sentir prazer em ser tratado como rameira, vontade de ser dominado e, dependendo da forma, humilhado até. Só não aceitava qualquer espécie de desprezo. Com o convívio, aprendi a lidar com ele. Era um grande praça e amigo certo. Pena que, apesar da cultura e dos livros, fosse tão alienado e fútil. Incrível foi que, quase sem perceber, comecei a me apegar demais, e na nossa profissão isso era uma rabuda. Achei melhor disfarçar e sair fora. Fazendo anal com ele eu me sentia bem. Quase amado. Ninguém me comeu melhor, pode crer. Minha Aspásia, a hetaira de Caxias, como ele gostava de se chamar, na intimidade..."

Sentia-me estranha, mas não muito incomodada, no papel de escrava branca do sexo. Mesmo que totalmente apavorada e com os valores em acelerado processo de inversão, descobria coragens vindas não sabia de onde. Podia ser tonta, estouvada, mas era também uma brava.

Naquela viagem, começara a entender a dura e estranha realidade de minha opção sexual: marginalizada, discriminada e vitimizada por uma sociedade que inventa homens que se modelam como mulheres e depois viram objeto de desejo para outros homens.

Os dias e as noites foram passando, se arrastando, plenos de penúria e périplos por aldeias e bordéis. Na pele esfolada de Aspásia, achava-me quase à beira de uma crise. Aquilo estava indo longe demais.

Numa noite quase fui sufocada, sendo obrigada ao sexo oral com um galego de pênis anormal. Cheguei a ter ânsias de vômito e engasgos. Depois, o homem me gozou na cara. Era uma situação degradante. Não havia nunca palavras gentis, gestos amistosos ou agrados. Com travestis era medo, desprezo ou repulsa, não raro acompanhado de algum tipo de violência.

Na volta de Zamora, chegando ao casebre de Almería, recebi a notícia de que uma das búlgaras havia sumido. Os rumores eram de rapto ou assassinato. Lembrei do livro de Campos de Carvalho, mas não se tratava de um simples púcaro búlgaro que desaparecera, mas uma búlgara de carne e osso. Eu não sabia mais a quem recorrer. Pablo, o David, também estava sumido havia uns três dias.

Em desespero, consegui auxílio para telefonar a meu pai e pedir ajuda. Estava debilitada, necessitada de cuidados médicos, febril e com cãibras. Armando disse que ia avisar a polícia, lembrando que tinha um amigo na Central de Polícia de Rioja.

Vilarejo de Alcañices

Ninguém queria escândalo, e rapidamente chegou-se a um acordo. Seria deixada de táxi num vilarejo de Alcañices. Chegando lá, deram-me algum dinheiro para retornar a Barcelona, junto com a ameaça de morte garantida caso passasse por minha cabeça denunciar alguém.

Ainda tive tempo de me arrumar como Normando para não chocar meu pai. Mas foi inútil, pois Armando já havia sido informado que seu filho era um travesti de programa.

Ao que tudo indicava, meu pai, ao ver revelado o meu segredo, não pareceu tão surpreso, denotando, de alguma maneira, até uma ponta de orgulho. Ou alívio... Nem ele devia saber ao certo.

Barcelona

O barulho, como era de se avaliar, foi grande na chegada a Barcelona. Minha madrasta Mercedes não se conformava: "*Pero el niño es una prostituta malintencionada!*" O pai tentava amenizar: "Calma, *mi amor*, é só um menino desmiolado. No fundo, boa menina, quer dizer, bom garoto." Mas não obteve êxito: "*Sí, Armando, yo sé, yo sé, el vino bueno conozco en el brillo de la caneca...*"

Encontrava-me em apuros e sem moral para falar nada. Sem o apoio da madrasta, Barcelona ficaria improvável. Pior ainda foi quando se soube que o tal Pablo, David para seus bofes catalães, era também um mercenário de quinta, arregimentado por anônimos radicais do Partido da Esquerda Republicana da Catalunha, o ERC, que tramavam a sua autonomia da Espanha. Fora desbaratado um plano para que esses pseudomilitantes pulassem, de paraquedas, sobre a embaixada espanhola, munidos de bombas de efeito moral amarradas à cintura e bandeiras com as cores do movimento pela independência. Pablo era um desses destemperados paraquedistas. A coisa estava ficando séria.

Por interferência de amigos influentes de dona Mercedes, a muito custo consegui me safar da grave acusação de envolvimento com Pablo e os militantes radicais do ERC.

Estava livre da acusação de partícipe de atos terroristas e de atentados à ordem e aos costumes, mas recebera o aviso de que deveria deixar o país o mais rapidamente possível.

O combinado era que, temporariamente, Mercedes e meu pai me mandariam algum dinheiro para o mínimo sustento e os estudos, e eu picaria a mula.

Não me conformava e me recusava a acreditar no que acontecia. Olhava para mim e reconhecia um saco vazio e o tempo parado no fundo. Vida não era fita de cinema, e meus castelos e fantasias ruíam. Na fracassada e alucinada tentativa de brincar de Aspásia, aprendera a não subestimar o sério, o real.

Sem mais alternativas, preparava-me para o regresso ao Brasil. Era melhor desse jeito, posto não haver outro. Mesmo adorando viver radicalmente, o comportamento alternativo de travesti em prostituição no estrangeiro não era para mim. A corda era muito bamba, e minha alma tendia bem mais à de bêbada que à de equilibrista.

"Culpa. Foi sempre o que senti em relação a meu filho. Desde seu nascimento, ao qual, aliás, fui contrário. A culpa maior vinha mesmo daí. Não queria e não me sentia capaz de ser pai, assumir um outro ser, trocar a liberdade irresponsável dos dias de folga por fraldas sujas e noites mal dormidas. Não nascera para vigiar e velar sonos. Já bastavam as minhas insônias. Tinha de cuidar de mim — e tinha extrema dificuldade com isso —, calcule de um filho ou filha. Mas Norma insistia, implorava, queria ser mãe. Nem com o passar do tempo eu melhorei. Buscava compensar a imensa culpa criando atenções disfarçadas, presentes fora de hora e idas a parques, zoológicos e praias. Queria convencer o mundo daquilo que eu próprio tinha noção de ser impossível. No fundo, eu sabia que era só culpa.

Quando Norma morreu, foi como se tivesse acabado a farsa. O pano caindo, e toda a plateia indo embora. Fui também. Não poderia ser pai e mãe. Nem pai eu era. Melhor com a tia e as primas. Mesmo uma neurótica como Adalgisa. Qualquer coisa seria mais razoável que ficar comigo. Eu não ia conseguir; afinal, só tinha sido pai por causa de Norma. Sem ela, não fazia sentido e não daria mesmo certo. Foi o pior momento da minha vida, e a certeza de que eu não era porra nenhuma.

O tempo correu e, já morando na Espanha, queria mas não conseguia esquecer. Passava noites inquietas, insones, e um festival de imagens, todas ligadas a Normando e Norma, me perseguia. Era a culpa de novo. Ao menos tinha agora algum dinheiro. Mercedes era louca por mim e faria o que eu quisesse. Poderia ajudar de alguma forma. Depois de eu lhe contar toda a história, tomou-se de paixões pelo possível enteado e pôs na cabeça que tínhamos de ajudá-lo de qualquer maneira. Confesso que até me animei com a possibilidade de aplacar um pouco a culpa que sentia.

Só Deus soube da dificuldade de achar o paradeiro dele. Adalgisa não quis ajudar, dizendo que eu não fazia falta, nunca fizera. O fato era que ela sempre me odiara, como se eu fosse culpado pelo atropelamento da irmã, responsável pela morte besta de Norma. Julgava-me o pior dos cunhados, um marido relapso e um pai desnaturado. Pai desnaturado eu fora mesmo. Mas o que ela conhecia da vida? Afundada naquela pousada muquirana em Nova Friburgo e vivendo uma existência amorfa. O marido não suportara viver com ela e a abandonara com as filhas ainda pequenas. Por que não julgava o marido também? A única diferença era que ela não morrera, e sim Norma.

Com ou sem a ajuda de Adalgisa, consegui o endereço do meu filho e mandei-lhe uma carta. Quando recebi sua resposta, dizendo que queria vir para Barcelona, fiquei radiante, me senti leve, sem o peso da culpa, enfim.

Logo em seguida vieram os sobressaltos, como se algum desconforto pairasse sobre minha alma. Detestava admitir, mas era evidente que não idealizara reencontrá-lo, apenas uma ajuda de alguma forma, preferencialmente material. Foi o suficiente para o retorno de minhas costumeiras autoacusações, o flerte com a culpa. A velha culpa. Não era capaz de amar um filho. Mas Normando não tinha nada a ver com isso e já estava vindo. Tremia só de pensar no dia de nos vermos novamente, cara a cara.

No aeroporto, de frente para meu filho quase um homem feito, por mais que me esforçasse, não conseguia me emocionar. Mas havia Mercedes, uma mãe com todas as potencialidades. Eu pensava comigo na incoerência da natureza de essa mulher não poder engravidar. Vi-os se abraçarem, calorosos, e era como se se conhecessem havia milênios. Isso aumentou ainda mais a minha velha culpa: uma estranha já gostava mais do meu filho que eu.

Lembro que, na semana que antecedeu a chegada de Normando, eu bebi demais da conta. Mercedes achava que era nervosismo, ansiedade, mas eu sabia que era só medo. E culpa, é claro.

Após alguns minutos de conversa, eu percebi que meu filho não era normal. Se não fosse homossexual, um dia seria. Desde criança, Normando foi mais para o lado feminino; afeminado e esquisito. Agora, ali, a alguns metros de mim, gesticulava e dava pintas, parecendo mais veado que nunca. Mas fingi nada notar, ainda mais sabedor do pensamento de Mercedes, que não aceitava qualquer tipo de desvio sexual.

Quando Nomando me pediu socorro, envolvido com prostituição e sob suspeita de práticas terroristas, Dios mío, *pela primeira vez eu agi como um pai de verdade. Sob pressão e assustado, fiz de tudo para tirá-lo daquela enrascada. E consegui. Fiquei orgulhoso de minha atitude e nem aquilatei o quanto meu filho era idiota, frágil e necessitado de cuidados.*

Mas não havia como ele permanecer na Espanha depois de todo o acontecido. Quando fui pai realmente, como nunca antes tinha sido, perdi meu filho. Acho que para o resto da vida. Mesmo não crendo em muita coisa, rezei para que ele tivesse uma vida feliz. Sei que seria difícil, tanto alguém atender minhas preces quanto Normando se dar bem nessa vida. Que Norma, onde estivesse, finalmente me perdoasse, pois eu já não sentia mais culpa. Só pena."

Barajas

Manhã de sexta-feira. No aeroporto de Madri, à espera do meu voo para o Rio de Janeiro, relembrava passagens da breve e traumática estada em Barcelona. Não sabia se era para rir ou chorar quando pensava em meu cúmplice Pablo "David" e na minha sobrevida como Aspásia, *la brasileña*, aguentando todos aqueles gringos suados, sátiros, sequiosos por um gozo diferente, escamoteado e que desanuviasse. Espantava-me como os homens, em determinados aspectos, eram tão abjetos e cogitava seriamente me afastar sexualmente deles por um determinado período, o qual poderia variar de quinze minutos a vários anos, de acordo com meus maiores ou menores pânicos. Tinha início, e eu sabia, o meu processo fobofóbico, que incluía o medo terrível de sentir medo.

Da sala de espera para o embarque, olhava para um *banner* gigante na parede, com os dizeres sobre os atrativos turísticos da Espanha: "*En este país de fiesta siempre hay algo que celebrar.*" Eu refletia, cheio de ironias: Bem, deveria mesmo ser um ótimo lugar para férias, um paraíso de vida, exceto para touros lerdos e travestis brasileiros pobres.

Passando por mim, uma madame carregava, numa espécie de gaiola, seu animal de estimação. Logo pensei num daqueles *poodles* brancos e ridículos, rabinho em pompons e com fitinhas coloridas. Imaginei como deveria ser boa a vida de um *poodle* esnobe que passeia com sua dona esnobe europeia sob um sol europeu de sexta-feira. Por associação antagônica, lembrei do *yorkshire* de Mirela e me vi com a obrigação de admitir que, dependendo de seus donos, entre os cães havia também desigualdades socioeconômicas. Concluí, a seguir, que existia mais felicidade nos cachorros pobres, magricelas e livres. Não podia entender aquele *poodle* engaiolado ser mais feliz que qualquer vira-lata.

Enquanto a madame e seu cãozinho infeliz se afastavam, dei início, mentalmente, a um inventário-síntese de minha vida inusitada e esdrúxula como a de um suricato insone. Sempre atenta e vigiando os perigos como se a qualquer instante fosse surgir um predador.

Pensei em planejar um suicídio para chamar atenção. Lembrei do neto de Isaac, Miguel Sávio, e de suas tentativas equivocadas de se matar. Ri com a hipótese de ele fechar os bicos do gás e escancarar as janelas. Miguel era um dependente crônico, e até para morrer necessitaria de ajuda.

Aliás, para mim, suicídio possuía uma teatralidade atraente. Se todos tivessem mais de uma vida, certamente eu teria gastado uma delas me suicidando.

No caso de não se ter certeza das múltiplas vidas, a coisa se transformaria em um péssimo negócio. Suicídio não seria uma desistência; seria, no fundo, uma agressão desesperada, um esforço final de reunir forças e dar o troco. Embora ainda fosse uma agressão insuficiente, pois a vida continuaria para os outros. Você não teria controle nem sobre o seu funeral. O suicida ganha uma batalha; seus inimigos, a guerra.

O número do meu voo era finalmente anunciado. *Adiós, Catalunya de mis sueños convenidos...* Uma nova guerra recomeçaria. Como Normando de Sá Coelho, muito mais que Odara ou Aspásia, eu dependia de extremos para sobreviver, não para me matar.

Após a decolagem, do meu assento, olhei pela janela e vi, pela última vez, o céu espanhol. Minutos depois, só avistei formações de nuvens. Agora era o oceano embaixo que aparecia com seu tom hipnótico azul-escuro. Filosofei, entre dentes, que ninguém poderia ter aquele mar todo só para si, e que o céu, visto da janela de um avião, merecia uma poesia. Minha vista seguiu o oceano até este se perder na linha do horizonte. Compreendi a incapacidade humana de distinguir a curvatura da Terra. Concluí haver momentos nos quais nos conhecemos bem menos que o céu e o mar.

Tive meus devaneios celestes e oceânicos interrompidos por uma gentil comissária a me oferecer um lanche. Bem na hora. Estava caindo de fome.

Enquanto seguia mastigando meu pão integral com o que parecia ser queijo branco e patê, surpreendia-me pensando em Pablo. Apesar de toda aquela doideira, era saudade o que sentia. Ruborizei-me recordando o momento em que Pablo me confessara o desejo de ser penetrado também. Eram várias trocas durante as noites de sexo com ele. Tinha de admitir: Pablo era um amante interessante; eficientíssimo, rasteiro, odioso e, justamente por essa tríplice combinação, ruim de esquecer.

Não conseguia dormir. Estava um pouco tenso. Não por medo de voar, que isso era lá com o piloto. Os passageiros eram como caronas do destino do comandante. Queria fumar, embora soubesse ser proibido. Planejava, mais uma vez, parar de fumar.

Fumava desde os quatorze anos. Já havia conseguido parar uma vez. Depois de uma semana sem cigarros, tornara-me um ex-fumante, e, como tal, de um radicalismo incomum, para não dizer insuportável. Com raras exceções, ex-fumantes não toleram cheiro de cinzeiro, ficam atentos a qualquer isqueiro que acende, protestam se estiverem em lugar destinado a não fumantes, alardeiam sobre doenças cardiovasculares, avisam sobre estatísticas de câncer e, para piorar, não param de explicar como conseguiram deixar de fumar. Eu, como um extremista vocacional, após duas semanas declarava para mim e o mundo que não fumaria mais.

Três semanas, uma forte depressão advinda da abstinência, cafezinho e a capitulação. Dirigi-me ao bar e comprei um maço. Ainda não estava pronto. Naquele momento no avião, queria apelar para o cigarro na falta de absinto.

O voo seguia tão tedioso quanto ameaçador, afinal tomava-me de natural depressão, imaginando a volta sob a regência do fracasso. Quase expulsa de um lugar do qual sonhara vitórias, aventuras e conquistas. Conquistara, sim, um punhado de perdas e causara e sofrera decepções. Merda.

O comandante, pelo áudio, avisava que dentro de instantes estaríamos pousando no aeroporto Tom Jobim.

Chegando ao Rio de Janeiro, a primeira coisa a fazer, sem contar tirar as roupas de homem e voltar rapidamente a ser Odara, seria achar um bom apartamento. Trazia comigo, além de todas as frustrações e marcas, uma boa quantia para começar nova vida. Ao menos isso, já que a minha madrasta Mercedes o que tinha de chata sobrava de surpreendente. Quem sabe sentiria pena de mim, um ex-enteado desajustado e metido a *drag queen*.

Não podia entregar os pontos. Entre os meus planos, constava fazer um curso de *design* em flores. Havia encontrado em Barcelona gente ganhando dinheiro com arranjos, paisagismo e bufês para eventos. De uma coisa tinha certeza: nunca mais usaria Aspásia como nome. Dava muito azar.

ODARAH

Rua Santo Amaro

De volta à terra natal, deixei a pensão do Bairro de Fátima e aluguei um quarto e sala na rua Santo Amaro, na Glória. Mínimo, havia pouca claridade e eram vinte e dois apartamentos por andar, mas possuía o anonimato que o quarto de pensão não tinha. O banheiro era úmido, basculante quebrado, tinha os azulejos rachados e a cortina de banho de plástico com as beiras mofadas. Na cozinha apertada dava só uma pia com bancada ao lado e, em cima, um fogão velho de duas bocas. Geladeira, só caberia na sala; eu não planejava mesmo comprar uma agora. Só queria lugar para dormir e tomar banho. Frio, por sinal, já que o gás nem estava ligado.

Mirela não poderia vir morar comigo no novo apartamento. Ela estava fazendo tratamento; alguma coisa a ver com implantes de silicone ou operação de varizes. Era meio hipocondríaca mesmo. Qualquer hora, ela e Colossus iriam dar as caras. Era só esperar.

Acabei tomando uma decisão importante: a partir de agora, assumiria de vez a postura feminina. Se por um lado eu poderia ser um Normando bonitinho e efeminado, melhor me apropriar do corpo de Odara e virar definitivamente fêmea. Cansara de falsas concretudes, e assim era mais justo. Mas sem operação, tinha pavor de anestesias gerais, macas e bisturis. Não nascera para transexual e nem possuía a beleza clássica de uma Roberta Close. Cansara de cantar *Woman is the nigger of the world* e ser um estranho entre sorrisos e aceitações alheias. Queria o cerne, ansiava o verdadeiro. Não voltaria atrás.

Ainda impressionado com o malogro de Aspásia em Barcelona, consultei uma numeróloga e, a conselho dela, mudei de nome. Dera certo com tanta gente famosa, por que não? Passei a assinar e a me chamar Odarah.

Autossugestão talvez, ou mera coincidência, mas as coisas pareciam mais leves e fluentes. Informei-me sobre o curso de *design* de flores e descobri que os melhores eram em São Paulo. Escolhi um curso a distância de floricultura caseira e introdução à botânica. Comecei a pesquisar orquídeas e decidi levar ao extremo meus estudos orquidológicos, que coincidiram com a descoberta por botânicos chineses de uma estranha flor, a orquídea *Holcoglossum amesianum*, cuja característica rara e inédita era a de adaptar a parte masculina de sua flor ao formato necessário à fertilização de sua parte feminina. Dito de outro modo, uma orquídea que transferia pólen apenas para si e nunca para outras flores.

Facilmente influenciável, comecei então a me aprofundar no estudo dessa planta hermafrodita ao mesmo tempo que, analogamente, passei a me satisfazer solitariamente. Eu me bastaria sexualmente, sem a participação íntima de outros homens ou mulheres. Como a orquídea *Holcoglossum*, eu trataria do próprio prazer. Além do mais, tinha mãos e dedos, o que, a bem da verdade, faltavam às orquídeas. Levaria vantagem, portanto.

Como costumava levar as manias bem a sério, passaria longo tempo metida em meus rituais de autossexo, escondida naquele quarto e sala de terceira. Voltara-me somente para o estudo das flores e ao amor-próprio literal. A prática da masturbação ajudava muito mais a me acalmar do que, propriamente, me satisfazer. Servia para eu poder dormir mais sossegada, amenizar a ansiedade e combater a insônia, e não para compensar frustrações afetivas. Era a fase na qual o que mais invejava era justamente aquilo que não via.

O estudo dirigido das orquídeas me levou a conhecer um botânico conceituado, catedrático e especialista mundial em orquidologia. A explosiva combinação do mestre que quer impressionar discípulos com o jovem disposto a tudo para aprimorar conhecimentos era como fome e banana. Ainda mais que eu, o jovem discípulo, tinha um corpo de mulher, e o velho professor era bissexual assumido.

Não tardou e acabamos na cama. Do apartamento do botânico, é claro, haja vista a porcaria de condição do meu quarto e sala da rua Santo Amaro.

Tal qual a orquidácea chinesa que se retorcia para se fertilizar, eu me propus um esforço monumental para aceitá-lo sexualmente. Tudo pelas orquídeas.

A tarefa não era simples. O professor tinha a pele ressequida, as mãos amareladas pelo cigarro, as costas curvadas, era sem graça, baixo e, além de mau hálito, tinha pelos no nariz

Eu costumava sempre apagar as luzes do quarto e imaginar um chefe tatuado maori da Nova Zelândia. Qualquer coisa seria melhor que aquele homem cheirando a mofo de orquidário, apertando minhas costas e deixando um bafo de sardinha em minha nuca.

Desgraçadamente, por mais imaginação que tivesse e com toda a escuridão do mundo, a fétida presença dele me incomodava. Não haveria paixão por orquídeas que justificasse tamanho padecimento.

A decisão foi rápida. Uma noite, empurrei-o, saí da cama, vesti-me num pulo e deixei o apartamento dele, que, atônito, ficou sem entender nada.

Sem dúvida, fora a melhor resolução. Pela primeira vez, optara por mais razoabilidade e um pouco de prudência. Podia ou não ser coisa de números, mas Odarah me pareceu bem mais decidida que Odara.

"Nunca entendi bem esse rapaz. Tinha cara de devasso e jeito de mulher, somados a uma inteligência rara. Interessava-se por orquídeas realmente e era, a bem dizer, inicialmente, um dos meus mais aplicados alunos. No entanto, passou a prejudicar minha imagem com as suas insistentes investidas, querendo se fazer de mais íntimo ou até mesmo de algo mais insidioso. Respirava sexo e apelava para essa tática em cada movimento prosaico do seu cotidiano, como um bom-dia trivial ou um até logo mais banal. Era como se câmeras estivessem apontadas para ele todo o tempo. Durante as aulas, suspirava e gemia a cada pergunta ou observação sobre as plantas. Chamei-lhe a atenção uma vez em que insistia em piscar o olho para mim. Aquilo era demais, afinal eu construíra minha imagem de professor sério

durante anos e vinha esse menino tentar me colocar em situação de total constrangimento. Não tive nada com ele. Posso garantir; que ele prove alguma coisa. Não tenho mais idade para ficar passando por isso."

Pantanal

Com o tempo, fui perdendo o real interesse por orquídeas.

Não podendo permanecer sem um objetivo de vida qualquer senão enlouquecia, inventei uma novidade: criação de gado no Pantanal. Era uma pessoa com bastante imaginação e, agora, apoiada na força da numerologia, prestava-me a planos bem mais ousados. Se era para ser travesti, que fosse um travesti rico, fazendeiro.

Meu pai, lá de Barcelona, se manifestara contrário, e a explicação era plausível: aumento do valor da remessa de dinheiro, aliado a um investimento de risco. E ele nem sequer poderia saber verdadeiramente se seu filho estava mesmo comprando bois ou mentindo.

O plano de criar gado surgira de uma conversa num boteco perto de casa. Conhecera um jovem sul-mato-grossense, o Lívio, que tinha família em Ponta Porã e soubera de uma cooperativa de pequenos fazendeiros da região que investiam em cotas e dividiam os custos. A razão social era Cooperativa do Admirável Gado Novo. A perspectiva de lucro era razoável e segura, apesar do nome inusitado. Mas, lá de Barcelona, dona Mercedes subia nas castanholas. Ela não estava nada satisfeita com a coisa. Armando me prometeu pensar melhor a respeito. Era aconselhável que eu esperasse um pouco; ele tentaria falar com a mulher. Mercedes, porém, mostrava-se irredutível: *"Con mi dinero, no, no, no."* "Mas, Mercedita, pode ser um bom negócio." "Armando, *tu hijo loco no quiere toros, solo pensa en los toreros..."*

Confesso que simpatizei de imediato quando conheci Lívio. Ninguém nos apresentou. Conhecemo-nos da melhor maneira, olho no olho: ele no balcão, e eu chegando em casa e passando pela porta do bar. Um aceno, o convite e, quando percebemos, já bebíamos e trocávamos impressões e algumas confidências.

Lívio era um quarentão bonito, espécie de galã vaqueiro. Físico bem trabalhado, moreno, olhos claros e penetrantes.

Com ele, largaria tudo, viraria uma pantaneira e criaria gado, gato, até pato. O típico caso de atração de opostos: ele, um extremoso, e eu, uma extremista.

A virtude mais preciosa de Lívio, no entanto, era a de ser bom ouvinte. Quase como analista, um profissional na escuta dos problemas alheios. Eu, que padecia com meus próprios silêncios, vi naquele homem quase desconhecido a oportunidade para desabafar, contar tudo, extravasar, exagerar, inventar e até dizer verdades. Como numa torrente necessária, confessei-lhe ser travesti; ter sido uma criança diferente que só falara bem tarde; ter perdido a mãe, atropelada; morado um tempo numa pousada em Friburgo com uma tia neurótica e duas primas parvas; me enamorado de um velho pervertido que me dera boa vida; ficado com o neto e mantido um caso com a mãe dele; reencontrado o pai ausente e malandro na Espanha; passado o pão que o diabo amassara em Barcelona; voltado para o Brasil por baixo; me matriculado num curso de floricultura, que não terminara; deitado com um professor de orquídeas com nariz cheio de pelos e fedor na boca; quase me viciado em sexo solitário, enfim, uma estrada que teria espantado Billie Holiday ou Bernarda Alba. Como uma religiosa trapista expulsa do claustro ou uma maratonista descalça em Compostela, eu havia acumulado um bocado de vivências e atalhos.

De tudo o que ouviu, Lívio somente se mostrou assombrado com um único detalhe: "Você não tem a menor pinta de travesti." "Jura?" "Passaria por mulher fácil, fácil." A Odarah em mim se animou: "Engraçado. Achei que você implicaria de eu ser homem." Lívio, resoluto: "Isso não me importa." "Não acredito." "Juro."

Por mais que alardeasse sua condição quase premonitória de conhecer as pessoas só pelo olhar, dessa vez, com toda a numerologia de Odarah, eu não percebera o mais simples, o mais nítido, o quase descarado: Lívio era um vigarista, fingidor; golpista pé de chinelo. Um vagabundo itinerante que sobrevivia à custa de expedientes e pequenos delitos aqui e ali, procurando o próximo otário para passar seu conto.

E a tal cooperativa nunca existira. Já havia ludibriado um monte de gente nessa lorota de cotas para compra de gado. O rapaz era bem mais pantanoso que pantaneiro.

Ainda bem que, no fim, Mercedes se recusara terminantemente a me mandar o dinheiro.

"A primeira vez que vi Odarah, imaginei uma garota, mulher mesmo. Cansamos de tomar uns tragos no bar, e eu nem desconfiava. Só quando ele me disse que era travesti, que reparei melhor. Dava para enganar, tranquilamente. Simpatizei com ele, divertido, meio maluquinho, mas acho que a vontade dele era namorar. Sempre que nos encontrávamos no mesmo pé-sujo da Santo Amaro, me contava suas aventuras e eu me divertia. Assim fiquei sabendo que havia uma madrasta rica em Barcelona, morando com o pai dele. Ele queria arrumar um jeito de descolar mais dinheiro dela. Foi quando pensamos no golpe das cooperativas de gado. Ele adorou a ideia e garantiu que a madrasta espanhola cairia direto. Foi dele a sugestão do nome Admirável Gado Novo, da música do Zé Ramalho, que dizia adorar. Eu tinha recém-chegado de Mato Grosso e conhecia quem me daria os recibos forjados de compra dos animais. Depois era inventar um surto infeccioso qualquer e realizar o fictício prejuízo. Até descobrirem a fraude, já teríamos gastado toda a grana. Meio a meio. Mas parece que ele não estava conseguindo convencer a tal madrasta. Durante esse tempo de espera, Odarah começou a querer se aproximar demais de mim. Eu lhe avisara que não gostava de bicha. Meu negócio era mulher. Mas ele insistia, pegajoso, e, às vezes, quando se excedia na birita, tornava-se inconveniente. Já levara uns safanões por conta disso. Infelizmente, não dera muito certo, pois acho que gostava de apanhar. Por causa do pretenso

golpe da cooperativa, eu aturava suas investidas até mais do que devia. Já tinha neguinho comentando que tínhamos um caso. Eu passei a morrer de vergonha quando estava com ele. Deixei de ir ao bar e só o encontrava no seu apartamento. Odarah, é claro, notou a mudança e ficou inicialmente magoado, depois se revoltou. Mas eu não podia fazer nada. Detestava veado, mesmo que fosse arrumadinho e jeitoso. Mas era veado ainda assim. Ele, cada vez mais sem freios, insistia em me assediar, pegando no meu pé, se esfregando, fazendo minhas vontades, imaginando vencer pelo cansaço. Gostava que eu batesse nele, pedindo mais força. Logo eu, que sempre fui contra qualquer tipo de violência. Quando me vi, estava dando nele por qualquer coisa ou motivo. Virara costume e eu temia que acabasse por gostar disso. Uma vez fiquei de pau duro após uma sessão de porrada. Antes que fizesse alguma besteira grande, resolvi agir depressa. A desculpa de aturar Odarah era o dinheiro do golpe da cooperativa. Assim que percebi que a madrasta não ia mesmo engolir a isca, dei no pé. Fui passar uma temporada no Pantanal; dar um tempo para aquele insano me esquecer."

Soube da vigarice de Lívio por acaso, lendo uma matéria sobre certos golpes comuns na praça. Destaque para algumas cooperativas fantasmas que estavam lesando vários investidores, e a Admirável Gado Novo se situava entre elas. Apertado e contra a parede, Lívio ficara branco, quase homonimamente lívido, e acabara admitindo a fraude. Ainda tentou amenizar, justificando a situação de penúria pela qual passava; que tinha família pobre, uma mãe doente e entrevada; que me devolveria o dinheiro logo que pudesse; uma espécie de empréstimo com juros, e coisa e tal. Seu discurso seria cômico se não fosse calhorda. Parecia piada, mas não era. Talvez ele próprio, mitômano, até acreditasse: "Tenho o meu lado bom, acredite. Só faço vender ilusões para quem quer se iludir."

Fiquei sem ter o que dizer. Era eu a vítima iludida ou a que queria se iludir? Houvera mesmo escolha? E pensar que sonhara em fugir com aquele trapalhão para o Pantanal.

Aos poucos fui me recuperando da própria perplexidade. Convidei-o então a subir ao meu quarto e sala, mandei-o tirar a roupa, pus-me de quatro e pedi por sexo e uns tapas, que era o que dele mais apreciava. Depois do cigarro, já vestida, servi-lhe uma dose de bebida, brindamos à vida, aos tuiuiús e à sua beleza física, e mandei-o sumir, senão o denunciaria à polícia. Não deveria haver uma segunda chance ou hesitação. Afinal, sempre chega a hora na qual a dançarina, que imagina a cabeça de seu macho na bandeja, vê enfim seu desejo se realizar.

Lívio achou esquisito, mas obedeceu. Tinha inumeráveis telhados de vidro.

Levei exatos dois dias para esquecer o malandro boa-pinta do Centro-Oeste. Eu era assim, intempestiva e sem previsões, sem contar que já me sobravam experiência e calos para não perder tempo com mais um picareta. Pena, porque morria de vontade de conhecer o Pantanal.

A não ser que estivesse equivocada, o fato era que Lívio não passara de mais um equívoco.

Ao menos com ele eu aprendera a desconfiar do que via. Não bastaria mais só ver para crer, tampouco a força indubitável dos números simbólicos e mudanças de nome. As ilusões, tanto quanto as aparências, me perseguiam. Era preciso agora estar atenta e verificar tudo, mesmo que, para isso, me julgassem algo paranoica.

NORMANDO / ODARA

Friburgo

Para meu espanto, os pesadelos com o falecido Isaac retornavam e se sucediam. Em vez de puxar meus pés ou as cobertas, ele ficava apenas me fitando, numa das mãos uma vela acesa e na outra, uma garrafa de *chianti*. Usava roupão branco, aberto na frente, aparentemente nu e excitado. Nesse momento, invariavelmente, eu acordava, molhado de suor frio. Nunca simpatizara com fantasmas. Eles me lembravam a onipresença da morte, ou melhor, a sua notória companhia. Para mim, a morte era o grande contrassenso de uma sociedade que cultuava e divinizava a vida.

Resolvi passar o fim de semana em Friburgo. Daria uma relaxada, tiraria da cabeça o ectoplasma de Isaac e aproveitaria para visitar tia Adalgisa, talvez a última vez, e rever as primas gêmeas. Nilze casara na igreja e Nilza engravidara de um malandro que fugira dela. Em tudo, Nilza e Nilze eram complementares e previsíveis.

Em alguns momentos da vida, eu sabia que sentir a falta da família era comum, mesmo não sendo uma família na verdade. Coisas mais biológicas que sociais.

A grande dúvida era se apareceria como mulher. Por mais que minha tia e as primas já soubessem desse meu lado, ainda não tinham me visto travestido. Aproveitei ainda para rever meus conceitos sobre numerologia. Dera tudo errado até agora em minha vida. Sempre dificuldades e hesitações, nada mudara na realidade. Decidi abandonar aquela bobagem de Odarah. Ressurgiria em Friburgo como Normando mesmo, só que vestido de Odara, tal qual era e me sentia.

Titia estava mais doente do que eu havia imaginado. Não se recuperara de uma gripe forte, apanhara uma pneumonia, piorara o diabetes, apareceram-lhe uns fungos na genitália, uma infecção urinária que resistia aos antibióticos, enxaquecas fortes e ameaça de glaucoma na vista direita. Senti pena, mesmo não sendo dado a tais rompantes. Não costumava me apiedar nem de mim mesmo, quanto mais dos outros.

Nilza e Nilze continuavam umas tontas, acrescidas agora de uns quilos. Gordas como pandas e felizes por nada. Uma com seu marido e a outra, com sua barriga.

Para minha surpresa, elas nada comentariam sobre a nova aparência e as roupas mais femininas do primo. Apenas risadinhas nervosas, como a enfatizar o que já sabiam desde o começo. As primas passaram a se revezar nos elogios, ressaltando minha beleza e charme. Senti-lhes um travo de inveja, embora ser elogiado sempre me deixasse contente. Para tia Adalgisa tanto fazia, nem estava enxergando direito.

Num raro momento em que me deixaram sozinho no quarto de hóspedes, repensei a efetiva necessidade de conviver com parentes. Nesse instante, sem a menor cerimônia, as neuroses familiares me deram a impressão de que a solidão, diferentemente do crime, compensava.

Desde a minha chegada, não fumara um único cigarro. Acho que impressionado com a tosse da titia.

Sentia falta de ouvir e conviver com meus silêncios. Aquele sentimento de família me expulsava sem, no entanto, me largar.

Imaginara enfrentar conflitos ao me mostrar como Odara e, no fim, quem se chocara e se decepcionara fora eu próprio.

Não permaneceria por lá muito tempo.

Rua Santo Amaro

De volta a meu velho quarto e sala, tomei uma atitude que vinha postergando: dar um jeito naquele meu moquiço particular. Já não tinha idade para lares bagunçados, verdadeiros *Norwegian woods*. Completaria, mês que vem, vinte e dois anos. A vida não poderia melhorar se você não melhorasse sua moradia interior, lera no rodapé de algum calendário. Começaria, então, pelo interior da minha moradia.

Comprei uma geladeira a prazo, coloquei uma fita colante no basculante do banheiro, mandei religar o gás mas não consertei o aquecedor. Continuaria tomando banho frio. Talvez, inconscientemente, como autopunição. Flagelava-me no chuveiro, debaixo daquelas gotículas hesitantes e gélidas, igual a um açoite lento, numa autêntica tortura mongol. Dia desses ficara com os lábios roxos. Nos dias mais frios, ou mesmo à noite, costumava levar um copo com conhaque para o banheiro. Nos dias quentes também. Era só mais uma desculpa para beber. Disseram-me que banho frio era um santo remédio para alérgicos. Se bem que nunca padecera de nenhum tipo de alergia. Contudo, era bom prevenir, ninguém sabia do futuro.

Agora, com gás no fogão, poderia fritar uns ovos e cozinhar meu arroz integral. Continuaria comendo fora, embora, de vez em quando, fosse chegado a uma comida feita em casa. Mesmo a minha.

Numa noite chuvosa, dessas ideais para ficar socado em casa, lendo um bom livro, debaixo do edredom e ouvindo canções conhecidas, lembrei de Celita Spavarolli. Como deveria estar hoje? Viva? Sozinha, casada ou com uma outra companheira? Pensava nela e me policiava. Não desejava a volta daquele relacionamento doído. Naquela noite, porém...

Normando e Odara conviviam de perto com a carência. Um transformava cada pequeno momento de vida num acontecimento dramático, *mise-en-scène* quase ingênuo de tão farsista; e a outra, sem muito ânimo e emaranhada na própria negligência, me fazia parecer uma pessoa abatida, oblíqua, magra como uma *top model* viciada em sopas dietéticas. Para que pouca carne e tanto osso? Era a estética da pobreza estampada no meu rosto cavado. Reparando melhor, até que eu não ficara mal com a volta das olheiras. Elas eram marcas, diziam-me, de encarnações anteriores. Meu lado Normando duvidava, mas, com Odara, tudo era cabível.

O descaso com a aparência me incomodava, além de denotar um ser humano lasso e mal com seu tempo. Não me depilava havia meses, tampouco fazia as unhas. Detestava ir a salões de beleza. Belo para mim era a diferença, a estranheza, o lado mais imperfeito.

Ao menos para festejar meu vigésimo segundo aniversário, daria um trato na silhueta. Urgia de uma dose momentânea de banalidades e disfarces. Bem-vindo, então, às massagens de cabelo, aos permanentes, reflexos, cremes faciais e poções hidratantes. Junto com o tratamento, aumentei também a dose de hormônios femininos.

De jeito nenhum eu ficaria recolhido no meu aniversário. Não queria ver a vida como uma causa perdida. Era sábado, e sairia para festejar em qualquer lugar. De preferência um espaço animado, com dança, álcool e pouca claridade. Uma boate na Barra. Por que não?

ODARA DE HAVILLAND

Barra da Tijuca, novembro

Enfiada num vestido justo amarelo-ouro, ajeitava o cabelo e colocava os brincos.

Parecia uma mulher bonita, independentemente da atual magreza. Meu corpo não chamava demais a atenção, embora também não deixasse nada a reclamar. Bem ao contrário: era desejada por velhos, meninos e mulheres, pois, muito além do atrativo físico, havia a aura de alma irrequieta, que era o ponto alto do meu charme. Quando sorria, o mundo sorria comigo. Meu olhar transbordava mistérios. Eu me achava sensual, dependendo da pose ou do ângulo. E eram vários esses ângulos e poses.

De uns tempos para cá, algumas pessoas insistiam em me dizer que eu parecia com uma atriz de cinema da década de 1930. Não lembravam bem do nome, só da personagem, Melanie, do clássico... *E o vento levou*. Eu era a cara dela. Mais tarde, acabei sabendo o nome da atriz: Olivia de Havilland.

Naquele sábado, consegui com uma amiga uma revista com a foto da atriz, arrumei os cabelos e me maquiei de forma que parecesse ainda mais com ela. Quanto mais me pintava, ajeitava o penteado, fazia caras e bocas e me olhava no espelho, mais me via como a tal Olivia. Tal e qual.

Estava no auge dos meus 8.030 dias de louca existência. E esse feito merecia uma festa. Seria Olivia de Havilland por uma noite.

Voltara a fumar mais de um maço por dia. Não conseguia desassociar a bebida do cigarro. E hoje era dia de encher a cara.

Cheguei cedo na boate e escolhi uma mesa perto da pista de dança. Antes de o local ficar lotado, conheci uma moça simpática, provavelmente gerente ou relações públicas do lugar. Foi ela quem me recebeu, talvez até pensando tratar-se de uma atriz. Havia essa possibilidade.

A gerente soube que eu fazia aniversário e me prometeu um bolinho. Achou curioso o fato de eu estar ali para festejar e não esperar por nenhum convidado: "Seu nome?" "Olivia, desculpe, quer dizer, Odara." "Você está sozinha? Não vem ninguém pra festa? E o namorado?" Pensei, antes de responder: "Estou solteiríssima." E ela, querendo ser simpática: "Não acredito que você não tenha namorado." "Tive alguns. Mas ninguém que prestasse." A gerente insistiu: "Filhos?" Achei graça. A mulher não havia reparado que eu era um travesti. Respondi, então, feliz e sorrindo com uma frase que lera em algum conto de Clarice: "Nunca pensei nisso. Para mim, a existência já existe e não depende de mim."

A moça estranhou a resposta. A seguir, perguntou por meus parentes, e esclareci que minha mãe morrera atropelada havia mais de quatorze anos; meu pai vivia em Barcelona com minha madrasta; eu era filha única; e minha tia e duas primas moravam em Friburgo. A gerente pôde concluir: "Sozinha no mundo, então..."

Gostaria de lhe dizer que minha turma não era lá muito convencional: um garoto de programa terrorista na Espanha, uma lésbica obsessiva, um namoradinho suicida, um orquidólogo cheirando a bolor, um vaqueiro vigarista, um fantasma errante e septuagenário, enfim, um pessoalzinho pouco recomendável.

Achei mais seguro não falar nada. A moça, no entanto, insistiu em puxar conversa: "Que pena, deve ser aborrecido não ter ninguém para comemorar um aniversário." Sem titubear, devolvi: "Assim, desse jeito, estou ótima." "Sei, antes só que mal acompanhada." Após a frase-clichê, a gerente deu um sorriso forçado e pediu licença. Logo depois, retornou com um cardápio e provocou: "Vem cá, você não me é estranha, tenho a impressão que te conheço de algum lugar..." Fazendo um certo charme, concordei: "Pode ser." "Impressionante, mas você se parece muito com aquela cantora..." E eu, ajeitando os cabelos para o lado: "Não é cantora não, é uma atriz americana, de filme antigo, sabe?" A gerente completou: "Já sei, é uma das filhas da Baby Consuelo. Esqueci o nome dela, mas daqui a pouco me lembro. Shiva alguma coisa..."

Fiquei com cara de tacho. Queria ser Olivia de Havilland, e não filha da Baby. A gerente, educada: "Vai querer beber algo?" Não lhe respondi e ponderei: "Dizem que pareço com aquela atriz do *Vento levou*... A gerente, sem querer contrariar: "Você está certa. Pode ser. Alguma coisinha pra beliscar?" Eu, ainda inconformada: "Até no jeito de olhar, sabe?" Ela insistiu: "Vai um filezinho aperitivo?" "Me traz uma caipirinha." "Com limão, *kiwi*, morango ou abacaxi?" Irônica, debochei: "Não sei, se fosse a Olivia de Havilland, o que ela ia preferir?" A gerente, forçando um sorriso: "Você é mesmo engraçada." Resolvi: "Traz de limão. Acho que a Olivia pediria com limão." E, não me dando ainda por satisfeita, perguntei-lhe: "Você acha que posso ter dupla personalidade?" A gerente arrematou, com uma piscadela: "Quer saber? Acho Odara muito mais bonito que Olívia."

Fingi não ouvir. A gerente coçou a orelha num tique nervoso e saiu, apressada: "Vou pegar a bebida e já volto."

Dali a instantes, voltou com a caipirinha na bandeja: "Qual o seu signo, Odara?" "Por que quer saber?" "É que estudo astrologia. Você acredita no que dizem os astros?" Queixei-me: "Para mim, ultimamente, não andam dizendo muita coisa..." "Você está no seu inferno astral." "Sério?"

A mulher ainda permaneceu um tempo na mesa. Mostrei interesse quando descobri que ela era astróloga. Soube naquela noite que meu ascendente de Escorpião era Touro, minha Lua estava em Câncer e que a posição do Sol em meu mapa astral não era boa. Uma coisa a ver com trígonos.

A noite prosseguiu, fui bebendo e me soltando. Fiz amizade com uma turma que comemorava alguma coisa, conheci alguns colegas da gerente, dancei com garçons, rapazes, senhores e outros anônimos.

Houve um momento em que resolvi não contar mais o número de caipirinhas. Passei para cerveja. Tinha sede. Foram várias. Alguém me deu um comprimido. Tomei e fiquei meio besta. Cantei, rebolei, descabelei-me e revelei algumas partes do corpo. Por intermédio da euforia da droga, trouxe a felicidade aparente para dentro de mim a fórceps.

De tanto álcool, frenesi e estimulantes, terminei a noitada em uma festa numa mansão de um condomínio elegante, largada num sofá na sala, completamente nua, abraçada à gerente astróloga, com uma enorme girafa de borracha entre as pernas, e algumas almofadas. Acordei com um labrador a me lamber o rosto.

No início eu me imaginei num sonho felliniano. Depois, fui me acostumando ao cenário e achei melhor me vestir e sair dali rapidamente.

Aproveitei que, com exceção do cachorro, todos ainda estavam desmaiados, desvencilhei-me, com cuidado, da astróloga, das almofadas e da girafa, e fui procurar por minha roupa. Achei o vestido, os sapatos, o relógio, a bolsa com os documentos, mas não encontrei a calcinha. Arrumei-me como pude, peguei minhas coisas e saí de fininho, sem calcinha mesmo. Detestei quando andei e senti meu saco balançando. Isso me fazia lembrar que era Normando às vezes. Nas piores horas.

No trajeto de volta, dentro do ônibus, manhã nublada de domingo, com a cabeça rachando de dor, tentava lembrar de tudo que me havia sucedido.

Puxava meu vestido a toda hora para baixo e fechava, o quanto podia, as pernas. Sem a calcinha eu me sentia ameaçada, como se minhas partes estivessem pulando para fora e todos naquele ônibus estivessem vendo.

Tentei relaxar. Alguns *flashes* me vinham à mente, entrecortados por lapsos de total esquecimento. Recordei o instante em que subi na mesa para dançar *I will survive*, e morri de vergonha; depois, o momento em que beijei na boca alguém de terno branco e gravata-borboleta preta. Fui enrubescendo e concluindo que só poderia ter sido o garçom. As cenas iam passando na minha cabeça, e eu revisando os detalhes da fatídica noite. Agora eu lembrava da triste hora em que peguei pela cintura um homem baixinho, quase anão, coloquei-o sentado no balcão e ameacei fazer-lhe sexo oral, sob os aplausos do *barman* e dos que estavam ao lado. Achei mais prudente parar de lembrar. Estava ficando tonta e enjoada. O que tivesse acontecido, fosse lá o que fosse, ficaria só entre as paredes da boate, alguns garçons, o quase anão, uma astróloga, uma girafa de borracha e um cão labrador.

Bem perto de chegar em casa, constatei, contrafeita, que chegara a um ponto muito baixo. Era preciso, com urgência e modos, reagir.

"Foi uma noite superestranha. Em todos esses anos como gerente de uma casa noturna no Rio, nunca tinha participado de uma orgia daquele tipo. Fomos parar numa casa, e eu nem sabia como. Pelas mesas, todo tipo de droga, latinhas de energéticos e garrafas de gim, vodca e uísque. Não fora apresentada aos donos da casa e nem à maioria das pessoas. Todos iam se pegando, se agarrando, na maior sacanagem. Nos corredores, pelos quartos, para onde se olhava, era gente dançando e se despindo, em jogos eróticos, sexo coletivo e exibicionismo exagerado, como se fosse o fim dos tempos. Bebi vodca, cheirei um lance e dancei sem parar. Quando vi, estava num quarto, nua e sendo comida por

Odara (ou Olívia, não me lembro), travesti que havia conhecido horas antes, na boate. Era aniversário dele. Depois entraram no quarto duas louras muito magras, deitaram do nosso lado e se masturbaram com uma espécie de girafa de borracha. Uma delas me bolinou e passou no meu corpo um creme perfumado, enquanto o travesti enfiava todos os dedos na minha vagina. Acho que colocaram alguma coisa na minha bebida. Nunca tinha gozado tanto. Terminei apagando, e quando acordei só havia um cachorro deitado no chão do quarto. Abri a porta e caminhei pelo corredor, até uma das salas. Já não havia quase ninguém. Uns casais abraçados, alguém roncando, um ou outro bêbado desmaiado, roupas, garrafas e copos espalhados. Procurei Odara (ou Olívia) por quase toda a casa e por onde pude. Ele não deixara nenhum número de telefone ou e-mail, nem endereço ou qualquer pista. O que mais queria era poder reencontrá-lo. Fiquei com a calcinha dele, amarelo-ouro, com uns morangos bordados, como recordação. Quem sabe ele um dia me procura..."

ODARA / NORMANDO

Barcelona

Meu pai e minha madrasta manifestaram certa impaciência por eu ainda não ter procurado um curso sério visando ao vestibular para biblioteconomia. Não aceitaram a especialização sobre orquídeas. "Frescuras e irresponsabilidades tinham de ter um fim", argumentavam.

Leblon

No momento, hesitava sobre a escolha profissional. Talvez influenciado pela leitura voraz de poemas de Cecília Meireles, passara também a querer ser pedagogo, como a autora. Bibliotecônomo ou pedagogo, pouco se me dava. O importante era a matrícula a fim de permanecer recebendo meu dinheiro da Espanha.

Cada vez havia menos espaço para Normando. Era como se Odara tivesse quase se apossado de mim. Continuava tomando hormônios por conta própria, embora sempre tentasse não exagerar. Vivia me prometendo uma ida ao endocrinologista para uma hormonoterapia acompanhada. Insistia recusando em me tornar transexual, não queria cortar nada, nem injetar silicone nos peitos ou nas nádegas.

Fora isso, não tinha muitas preocupações, e isso era o que mais me preocupava.

Minha vida atual era um eterno feriado. Os dias passavam lacônicos. Era um tempo em que vocações e carreiras não ocupavam a lista de prioridades. Ressentia-me de uma boa paixão de ocasião. Atravessava uma fase de sutilezas demais, igual a se tivesse deixado para trás alguma coisa, uma palavra que não entendera, como se boiasse entre vitórias-régias. O pleito era viver de brisa, algum conforto e sem pressa, adorando a vastidão daquilo que não conhecia ainda, embora não tardasse.

Mesmo não querendo, reparava as pendências financeiras se sobreporem. Questionava-me a respeito da estrita dependência do prazer com o dinheiro. Pouco adiantaria ser um travesti apaixonado por literatura, discutir os filósofos, conhecer os clássicos, ir ao teatro e, no fim, não conseguir ficar minimamente feliz e ainda permanecer só. Mesmo a mais inteligente e culta bicha, sem dinheiro, se estrepava.

Do amante de poesia, discípulo de Maiakovski, só restava em mim um vestígio frágil de lembrança. Agora eu me preocupava em saber quanto ia custar a minha roupa, o par de brincos e o sapato branco de salto. Não tinha mais vontade de me ouvir recitando versos tolos e nenhum tempo para choramingar.

Mesmo a paixão pelos livros não impedia de me sentir vazio. Com alguma leitura e informação, qualidades raras para um travesti, ainda assim eu sentia a ausência de uma real motivação que, a cada dia, me tornava mais melancólico e instável.

Assim como na vida tudo assusta depois passa, tal qual mais um dia, acordei uma manhã mais Odara que nunca e, do nada, resolvi me inscrever num curso de *origami*, numa escola de artes japonesas, no Leblon. Lera no panfleto promocional tratar-se de uma arte milenar oriental, intensificadora da concentração, da destreza manual e da paciência. Uma ótima oportunidade para assumir Odara e fazer alguma coisa. Não que precisasse tanto assim me concentrar ou aprimorar destrezas manuais. O problema era a minha pouca paciência.

No tal curso de *origami*, matriculada com o nome de Odara, conheci o Dias. Comecei a sair com ele, e de repente me percebi mais envolvida do que o esperado.

Funcionário dos Correios, Dias era mais velho que eu uns dez anos; abstêmio, acreditando na virgindade feminina como virtude, deitava-se cedo, e, se não dormisse as tais oito horas diárias, dia seguinte não era ninguém; fazia análise uma vez por semana e era fã de Lacan; não gostava muito de futebol, mas acompanhava na televisão os jogos e levava a sério opiniões de locutores e comentaristas; venerava a seleção e, mesmo sem entender grande coisa de futebol, era um apaixonado por Copas do Mundo; lia bastante, e sem critério, o que lhe caísse nas mãos: da revista de fofocas de celebridades a *Estorvo*, do Chico, sempre entremeando alguns livros de autoajuda e biografias da Bibliex (seu maior orgulho, no entanto, era ter lido 26 romances de Josué Montello, feito, garantia, que talvez nem o próprio autor tivesse conseguido); não era muito de cinema, mas não perdia na tevê as noites de entrega do Oscar; o passatempo cinéfilo dele era alugar filmes com lutas marciais; ao teatro ia raramente, sempre dando preferência a musicais; tinha uma coleção de discos de sambas-enredo; e, em se tratando de política, não demonstrava opinião formada, votando em quem tivesse a melhor aparência ou sorriso mais simpático.

Ninguém, muito menos eu, pôde explicar a forte atração que senti. Dias era o protótipo do meio-termo sem graça, do lugar-comum absoluto. Morava de aluguel num edifício velho no Leblon; não era feio nem bonito; nem gordo nem magro. Vestia-se igual, os cabelos sempre penteados, o sapato preto bem engraxado, quase luzidio, a barba feita religiosamente. Nem rico era, não havendo heranças ou pensões para se aguardar. Que diabos eu vira nele? "Suba aqui, Dias, meu bem, beija meu pescoço." "Agora, não dá, Odara, está na hora da novela das sete." "Mas, Dias, comprei esta *lingerie* transparente só para hoje à noite." "Sem chance. Depois ainda tem o *Jornal Nacional*..."

Ou se tratava de algum encosto, praga, ou o Dias era do tipo que se encaixava no perfil perto do ideal para travestis e eu não sabia. Alguma coisa nele eu descobrira. Algo que nunca antes houvera encontrado nem em anciões, moços, lésbicas ou acessórios.

Talvez um prazer mórbido ou, quem sabe, eu vivesse obcecada pela necessidade de abandonar a vida de desmantelos e encontrar alguém normal. Mas, como uma extremista patológica, não me contentaria com uma pessoa apenas normal. Tinha de ser alguém radicalmente normal. Quase anormal de tão normal. Um chato anódino até as últimas consequências, beirando o cúmulo. E Dias era, provavelmente, o chato que eu conhecia mais chato de todos.

Desgraça pouca, ainda havia os fantasmas. Numa tarde especialmente calma e letárgica, pressenti a incômoda presença ectoplasmática do velho Isaac Spavarolli. Um vulto com o mesmo olhar frio, testa oleosa, mãos nodosas e cabelos em desalinho, a mesma figura nauseabunda, o jeito dissimulado e devasso. Não tinha mais nenhuma dúvida: era o fantasma dele a me perseguir, num exibicionismo póstumo e insistente. Na verdade, mesmo não querendo admitir, já estava até me acostumando.

Barcelona

Enquanto o tempo passava, e eu insistia, crendo na felicidade injustificável ao lado de Dias, Armando, meu pai, entrava em atrito com Mercedes por minha causa. A madrasta insistia em que eu era um malsão. Não podia conceber um possível herdeiro, garoto tão bonito, com condição social e certa formação, querer ser andrógino, vestir-se de mulher e, o pior, vender o corpo.

Mercedes defendia ferozmente a teoria de que a fama de promíscua de Messalina era mito, e que a bela da tarde de Buñuel só existiria em roteiro e em música de Alceu Valença. No seu entendimento, somente a miséria determinaria o meretrício. Ninguém seria puta apenas por prazer. Para ela, o enteado deveria possuir alguma disritmia ou, caso possível, esconder uma esquizofrenia.

Meu pai discordava, é claro, e deveria se ofender. Eu era seu único filho e não era um demente. Homossexualismo não significava demência. Podia ter meus problemas, déficits de atenção, ser um tanto depressivo, mas era esperto, dono de especial tirocínio e possuía dons. Mercedes nutria a certeza de que o meu dom maior era para o cinismo. Julgava-me um fraco de espírito, e Armando, ela garantia, era como todos os pais que não conseguiam ou não queriam enxergar. Ela propunha que me suspendessem a mesada e me internassem numa dessas clínicas de recuperação. Meu pai, angustiado, questionava não saber do que eu poderia ser recuperado. Buscava fazer ver à mulher que não deveria haver clínicas para recuperar *gays*.

O ambiente em Barcelona não estava nada bom. Já devia imaginar o quanto minha mesada andava ameaçada.

Sem ainda saber das discussões entre meu pai e minha madrasta, e das ridículas suspeições acerca do meu propalado estado esquizofrênico, seguia, planejando e gastando, por enquanto, o dinheiro cômodo que vinha da Europa.

Mais ou menos nessa época, meus sonhos premonitórios retornaram com frequência maior que a habitual. Eram, como sempre, sinais estranhos, advertências confusas e presságios, desgraçadamente sem qualquer sentido prático. Mesmo para um *habitué* de filmes *cult* iranianos, seria custoso tentar decifrá-los. Sabia que algo ou alguém estaria desesperadamente tentando fazer contato, avisar-me antes que fosse tarde. Em minha simpática presunção, julgava-me uma escolhida. Afinal, com tantas pessoas para Deus confiar dons de adivinhação, por que justamente eu? Deus certamente me escrevia por linhas tortas. Se bem que, no momento, as linhas estivessem tortas demais. Até para Deus.

O sonho mais recorrente era com o fantasma de Isaac, que se transformava numa grande cobra, enrolada a uma árvore, olhos injetados, a língua vermelha e viperina a sibilar. Eu escalava pelos galhos, me aproximava e tentava furar com os dedos os olhos da serpente, mas nunca conseguia. Quando estava quase por atravessar o olho da serpente, despertava.

Para tentar decifrar aquele sonho, procurei ajuda com especialistas, opinião de analistas e ciganos, mas não obtive êxito. Só algumas conjecturas e palpites. A cobra poderia ser o reverso de minha inveja peniana; a volta de Dom Sebastião; ou uma simples representação metafórica do asco por toda a peçonha que houvesse no mundo.

Era forçada a aceitar a complexidade dos sonhos e concluir que querer interpretá-los seria não só temerário como pretensioso.

Leblon

Com o término do curso de *origami*, recebi o certificado de conclusão e aproveitei para concluir que me fora de pouca valia. Permanecia desconcentrada, inapta manualmente e, quanto à badalada paciência milenar oriental, esta se esgotara por completo. E a culpa só poderia ser do Dias.

A atração que por ele sentira no início, tão veloz como surgira, agora se dissipara. Era só mais um chato no mundo.

Sexualmente, o que Dias fazia melhor era sexo oral. Ele ficava intrigado que uma moça tão bonita tivesse pênis. Por isso, talvez inconsciente ou disfarçadamente, me venerava. Achava os travestis seres especiais.

"Sei que posso parecer um cara meio travado, sem muitas atrações, mediano e, de vez em quando, insípido. Fiz análise para tentar descobrir de onde é que vinham os meus problemas. O maior deles, contudo, era não sabê-los. Para mim, sempre foi normal gostar de televisão, novelas e filmes de lutas marciais; tampouco não me encontrava sozinho na mania de precisar dormir oito horas diárias, tinha gente ainda pior, que necessitava de mais tempo de sono. Oito era pouco. Sou um sujeito rigorosamente prático, que trabalha sério, chega no horário, paga suas contas, não reclama e tira férias regulares. Obedeço à maioria das leis, não me considero um católico fervoroso, ainda que vá à igreja, e me assumo um defensor intransigente das normas de higiene mínimas. Que mal há em lavar as mãos antes e depois de ir ao banheiro? Mas Odara não via as coisas assim. A toda hora me criticava, zombava, pedia atitude. Ele costumava me provocar, dizendo: 'Dias, homem que faz coleção de discos de samba-enredo não pode exigir muito da vida.' Ele é que era espaçoso demais, histérico demais, fantasioso demais.

Tudo nele soava excessivo. Eu nunca poderia me imaginar um dia gostando de travesti... mas era fato. Quando dei por mim, já amava Odara porque ele era quem ele era, uma mulher bonita, extravagante e com pênis. Maior do que o meu até. Aquilo me atraía. Tinha semanas que eu sonhava noites inteiras com ele. Na minha opinião, Odara e seus pares representavam o sexo do futuro. Disse isso à analista..."

Mais umas semanas, e o convívio com Dias se revelaria inconcebível. Eu não poderia ficar acomodada e embalsamada naquela relação paquidérmica, dormindo oito horas diárias, vendo novela das sete, controlando a bebida, ouvindo samba-enredo e vendo filmes de porrada. Era radical sim, porém humana: "Dias, acho que nosso final não vai ser feliz." "O que você quer dizer com isso?" "Que a vida não é uma comédia de costumes, nem peça de Molière." "Mas bem que podia ser..."

Eu respirava fundo a fim de ganhar fôlego. Punha as mãos na testa. Procurava palavras certas. Afinal, bem sabia que as palavras necessitavam de todo o cuidado, já que possuíam vida própria e podiam mudar de opinião rapidamente, como as pessoas: "Dias, está tudo terminado entre nós!" "Você está brincando." "Sempre falo sério, mesmo quando brinco..." "Não entendi." "Tá legal. Eu brinco, mas também falo sério." "Afinal, Odara, você está brincando ou falando sério?" "Fui..."

Arpoador

O relacionamento com Dias fora rápido demais para não ser senão uma dúvida. Uma dúvida que não valeria a pena dirimir.

Dias passara, dias passavam, noites andavam e os males só ameaçavam quando a tarde findava. Em compensação, a temporada era de sol. Marcava presença agora na praia do Arpoador. Barraca, cadeira e algo para ler. Numa dessas manhãs, conheci Gustavo — o Gus. Tudo nele, de repente, me encantou. Notadamente os músculos. Um acinte de bíceps, tríceps, trapézios e deltoides. Deveria ser um lutador, pelos cabelos raspados, o olhar dissoluto, o crânio neandertalense e a orelha deformada. O charme não na sagacidade, e sim no aspecto visigótico. Os lutadores eram os melhores amantes e não exigiam muitos estratagemas. Simples e eficazes como batatas fritas.

O problema era que eu parecia ser transparente para ele. Diminuí o biquíni, perfumei-me, pintei o cabelo, pus argolas nas orelhas, tentei colocar minha cadeira de praia mais próxima, a seu lado, na frente, só faltei pedir licença e desabar em seu colo.

Quando estava quase a ponto de desistir, ele, inexplicavelmente e como todo bom lutador marcial, partiu para o ataque. Na volta de um mergulho, a abordagem direta e o convite para um açaí com granola na saída da praia.

A primeira grande surpresa: Gus não era um lutador; desistira desse esporte. Dizia-se, inclusive, um pacifista. Bruce Lee dera lugar a Gandhi. Não demorou e acabei descobrindo atrás da fachada de brutamontes uma alma sensível de artista. É verdade que seu gosto era duvidoso. Mas alguém já não dissera que o bom gosto era o inimigo número um da criatividade? Assim sendo, Gus se achava essencialmente criativo, estudava violão, e compor baladas de amor era seu passatempo. Mostrava-me as letras, estapafúrdios versos que falavam tolices e rimavam coquetéis *Molotov* com *peace and love*.

Esforçava-me o quanto podia, primeiro para não rir, depois para fingir gostar. Gus prometeu me dedicar uma canção que vinha trabalhando ultimamente. Tentei lhe explicar que não me sentia à vontade com músicas compostas especialmente para mim. No fundo, não pretendia ver o meu nome associado àquela estultice: "Mas, amor, você é a minha musa inspiradora." "Gus, as musas das canções de amor são todas iguais." "E aí?" "Elas se parecem porque não existe outro amor." "E aí?"

Começava a desconfiar seriamente de que Gus não estava assim tão distante geneticamente de um australopiteco.

Se musicalmente Gus patinhava, em termos de sexo ele me surpreendia. As transas eram intensas, vigorosas e, o fundamental, em sequências com mínimas paradas e intervalos. Não foram poucas as vezes que lhe pedi para arrefecer o ânimo, pois queria descansar um pouco, beber uma taça de vinho e ouvir música. Meu ânus, mesmo com lubrificantes, não era de borracha. O homem era um touro com velocidade de lebre.

De uma estupidez ímpar e com um mínimo de curiosidade, ele nunca reparara que eu sempre transava de luzes apagadas e por trás. Gus possuía o apetite e a potência, embora lhe faltasse cabeça. Não era capaz de distinguir ânus e vagina. Para ele, eram buracos somente.

Com o tempo, não pude evitar o progressivo desinteresse com a libido desenfreada e a imbecilidade sexual do meu parceiro.

As trepadas com Gus remetiam a bis e repeteco, sem retrações, como máquinas de fazer sexo, e terminei por enjoar.

De início, pequenas indisposições para evitá-lo. Depois, dores de cabeça; e por fim, debochava dele e dizia estar com vaginismo crônico.

Gus não aceitava ficar na mão e, nessas horas, insistia comigo para chupá-lo. Parecia que ejacular era sua necessidade maior. Tão premente quanto respirar.

Passei a achá-lo mais patético que abjeto. Seus modos grosseiros eram fruto de sua postura neolítica e do cérebro de noz. Não ficara propriamente zangada, mas tivera a certeza de que seria melhor me afastar dele.

O curioso foi que mantivemos a amizade. De vez em quando saíamos, invariavelmente terminando num motel.

Detestava admitir, mas tinha uma certa dependência do pau de Gus. Gostava de transar com ele no escuro, de frente, com as pernas dobradas sobre o peito e com o travesseiro levantando os quadris.

O triste foi acabar descobrindo que ele fazia uso de bomba e comprimidos para disfunção erétil a fim de manter o tônus muscular e as ereções prolongadas. Por isso tamanha disposição. Achei patogênico. Mas não ousei julgá-lo, pois também eu utilizava entorpecentes e estimulantes ocasionalmente, e álcool em tempo integral. Bêbada, relaxava e transava melhor: "Sabe, Gus, acho que a felicidade está em saber viver." "Vira de lado, agora..." "Não vive mais aquele que consegue viver mais tempo, e sim o que vive melhor." "Assim, mexe um pouquinho..." "Veja Agostinho! Ele renunciou aos prazeres físicos e se tornou teólogo, filósofo e santo." "Concentra, Dara, concentra..." "E Cora Coralina? Semianalfabeta, ganhando a vida como doceira, virou escritora depois dos setenta anos!" "Assim não dá..." "Cara, você só pensa em sexo!" "Nós estamos numa cama redonda, teto espelhado, num quarto de motel. Já tomei um comprimido e meio, e você quer que eu pense em quê? Em Santo Agostinho? Cora Coralina?" "Por que não? Só porque estamos num motel, e você de pau duro, não podemos ter uma conversa inteligente?" "Odara, acho que é melhor a gente dar um tempo." "Meio século está bom para você?"

"Gosto mesmo é de sexo anal. Pode ser com camisinha ou não, com homem, mulher, vaselina, k-y, manteiga, até cuspe. Meu negócio é cu. Cansei de falar isso pra Odara. Ele me achava um tarado, mas no fundo gostava. Antes de conhecer Odara, minha

vida era uma bosta, fazia jiu-jítsu na academia de um amigo, corria na praia e tocava violão de ouvido. Depois, continuou uma bosta maior. Sou sustentado por meu velho, o Sr. Gustavo pai, que não esconde que não gosta de mim. Paga pra me ver longe, dá mesada e se considera quite com a paternidade. Minha mãe, doente e acomodada, vive na cama, vendo televisão. Só abre a boca pra me cobrar que eu não consigo terminar o segundo grau: 'Gus, você tem que estudar, ao menos pra completar o segundo grau. Pare de pensar só em sexo, meu filho.' Assumo que devo ter algum problema de cabeça, não posso ser normal. Ultimamente estava difícil ter ereções. Pra ficar de pau duro só com comprimidos. Não sei dizer se curto a Odara ou só estar com ele na cama — uma bichona com classe que teima em passar por mulher, sonha ser famosa, se acha um travesti muito inteligente, culto e coisa e tal, só que é chato pra caralho. E muito complicado: fiz uma música pra ele e ele nunca deu valor; sempre queria conversar sobre literatura enquanto a gente trepava, acho que tinha prazer nisso. Em compensação, tinha uma bunda de ouro. Como já disse, meu negócio é cu."

Gus e eu nunca mais nos vimos. Ele investiria em outra freguesia menos complicada, e eu chegaria à tardia conclusão de que a vida haveria de ter coisa mais interessante do que isso. Até mesmo a momentânea abstinência.

Lagoa

Depois que parei de sair com Gus, voltei a ler, reduzi a bebida, tentei mais uma vez parar de fumar e cuidar um pouco da saúde. Diminuiria os hormônios. Ultimamente dera para sofrer de enxaquecas constantes e atribuía isso à progesterona em excesso.

Combinei comigo mesma que andaria pelo menos meia hora todas as manhãs na praia. Troquei o Arpoador pela volta na Lagoa. Como uma esportista radical, já planejava caminhadas mais longas, pequenas corridas e, por fim, a meia-maratona da cidade.

A vida seguia seu curso normal, e eu me via como num comercial de absorvente íntimo. Tudo parecendo sem medida e meio ridículo. Emaranhava-me em pensamentos, entretecendo artimanhas, contracenando com o sub-humano e a frequente possibilidade de me desesperar por qualquer bobagem.

Já estava há mais de sete meses sem sexo e cigarro. Sonhava com o pau bombado de Gus e com umas tragadas.

Os sonhos premonitórios também continuavam com relativa constância, e o fantasma do velho Isaac não me dava tréguas. Agora ele não mais se transformava em cobra: ora se materializava num trocador de ônibus, ora num funcionário de supermercado. Era obrigada a confessar que até havia me apegado àquelas aparições no meio do sono. Torcia para que nos próximos sonhos viesse a seduzir o fantasma e ir para a cama com ele. Por que não? Era só surgir uma cobra mais simpática, um trocador ou funcionário de supermercado mais bonitinho ou jeitoso... Mas também era necessário tomar cuidado, pois havia suficientes motivos para retaliações, vingança ou ataque encomendado, mesmo que por parte das assombrações. Pensando melhor, seria até razoável desconfiar da minha própria sombra, uma vez que sempre apreciara viver nela ou sob seu manto.

Na esfera carnal, o temor do vazio, do tédio; na espiritual, o pânico de uma aparição. Eram dias difíceis para mim, e o pânico se transformara em assíduo companheiro.

Diante de tais dificuldades e inquietações, eu, antes nada mística, achei prudente crer rapidamente em algo. Assim, passei a jurar por Deus e Oxalá, ajoelhando e rezando *comme il faut*. Orava em latim, relia Chico Xavier e me afundava em esquisitices idólatras, como santinhos de papel, figas de Angola e réplicas falsas do Santo Sudário. Acreditava-me inocente e repetia a mim mesma a fé em que queria acreditar, mas não queria ver que acreditava.

No fundo, tinha somente medo, e não acreditava em nada. Só no dia a dia dos que, iguais a mim, viviam e penavam por neurodiscordância de gênero. Eufemismo para travestis malucos.

Limitara o álcool a doses esporádicas. Parara de pintar o cabelo, adotando uma postura mais discreta *à la garçonne*. Trocara o açúcar refinado pelo mascavo; e feijão, agora, só *azuki*.

Meu propósito era ler quase um livro por dia, todavia abolira os jornais. A televisão estava quebrada. Saía só para ir caminhar na Lagoa e, vez em quando, ao banco ou a comprar mantimentos. Minha vida era um palco de teatro pobre, onde o silêncio forçoso e a mímica involuntária eram as maiores atrações.

Dessa época é a descoberta e a paixão por Malarmé, poeta francês do século XIX. Seguia a sua máxima: "Definir é matar, sugerir é criar." Eu era um travesti realmente *blasé* e com vida interior pretensamente intensa.

Atravessava uma fase de vida na qual me pesava, mais ainda que a solidão, a ausência afetiva de um bem só meu. Imaginava, obcecada, ainda poder encontrar uma alma gêmea, alguém em que pudesse confiar e amar, necessariamente nesta ordem. Mas não queria o amor de um outro travesti. Gostava de homem, do cheiro do macho, de sentir os bagos me batendo por trás, de me lambuzar de porra pelo corpo e outros fetiches.

O *réveillon* se aproximava. O simples fato de me imaginar passando as festas de fim de ano absolutamente abandonada me deixava ainda mais solitária do que já estava. Só, comigo mesma, eu não suportaria. Tinha queixas e mágoas, embora fizesse força para não cultivá-las. Não era um homossexual mimado qualquer. Padecera demasiado, comendo poeira pelas estradas da vida. Por isso acabara alérgica a pó e ácaros. Como desfecho triste, voltara a fumar mais de um maço por dia.

Ainda me restava a esperança de ficar a festa de Ano-Novo com alguém. Seguindo essa linha de raciocínio otimista, preparei meu visual para a noite da virada. Seria um preto básico de *voile*, saia pregueada, total transparência da parte da frente, da cintura para cima. Adorava meu umbigo. Dava-me sorte. Talvez fosse este o motivo de viver sempre voltada para ele. Colocaria um sutiã com enchimento. O plano era provocar. A cor preta, uma saudação a Omolu, escolhida para a passagem do ano quando todos tendiam ao branco. Era a minha parte de ir contra a maré, e o luto me cairia bem. Um ano que morria, e, sob a égide antimachadiana, não estando a merecer, como Brás, nenhum tipo de memória póstuma.

Praia de Copacabana

O jeito foi encarar a praia sozinha mesmo. Não arrumara melhor companhia. No limite da angústia, chegara a telefonar para Celita. Soubera que ela viajara para Nova York. O mais surpreendente fora a notícia do casamento de Miguel Sávio. O rapaz parara de tentar suicídios e se apaixonara por uma mulher mais velha, de baixa estatura e renda, ou seja, baixinha e pobre. Substituíra o suicídio pela morte lenta em vida. Pudera, nunca fora mesmo uma pessoa normal. Mas eu gostava dele. Miguel representava o meu lado bom e infantil, ainda que sádico.

Quatro da tarde. Era melhor me apressar. Dali a pouco uma multidão estaria nas ruas em direção a Copacabana. Eu me juntaria ao povão e beberia até ficar anestesiada. Levaria a garrafa de sidra espumante para espocar a rolha e clamar aos deuses e orixás por mais sorte e um ano-novo um tiquinho melhor.

Antes de sair, telefonei para o meu pai em Barcelona, que já estava embriagado e não dizia coisa com coisa. Mas me dei por satisfeita. Tinha pai. Mandei um beijo para Mercedes, *la donadora de la plata*. Aprendera a tratar bem a madrasta pelos euros. Recebi a informação de que meu processo se encontrava em via de arquivamento, e que meu amigo Pablo fora preso.

Fiquei chocada. No fundo, adorava as saudades que sentia do ex-amante, do tempo babélico que com ele passara nas idas e vindas pelos bordéis de Almería e do jeito de ele repetir a toda hora "pode crer". Desliguei antes que pudesse sentir alguma pena dele. Coloquei o vestido preto e transparente, dei um retoque na maquiagem, peguei o espumante, o maço de cigarros e parti rumo à praia de Copacabana. No caminho planejava dar uma parada estratégica num botequim e me encher de cerveja e vermute.

Na areia molhada, bem perto do mar, sentada, falando sozinha e bebendo sidra pelo gargalo, olhava as pessoas entregando oferendas, acendendo velas e colocando flores para Iemanjá. O ar me pareceu rarefeito e, sem que esperasse, tive uma visão espiritual com a imagem de uma mãe de santo colhendo lírios-do-brejo.

Na certa, alguma macumba ao redor me pegara de bombordo. Minha mediunidade e os silêncios sempre foram motivos de preocupação. Também poderia ser a cerveja e o vermute. Resolvi me levantar, sair dali e procurar um lugar mais neutro. Voltei para o meio da praia. Pressenti um início de tontura, um arrepio forte, cambaleei e, amparada por um desconhecido, fui ajudada a me sentar numa cadeira de plástico. Estava muito louca, e ainda faltavam mais de quarenta minutos para a meia-noite.

O tal desconhecido, dono da cadeira, era só atenção e gentilezas comigo. Trajava bermuda e camisa polo brancas, sandálias de couro e usava óculos. Aos poucos fui melhorando e me sentindo calma ao lado dele, que não parava de falar bobagens e coisas engraçadas. Na sua companhia, brindei à chegada de mais um novo ano, vi os fogos e fiquei o resto da noite em circunlóquios etílicos e abraços demorados. Com o sol quase nascendo, levou-me a seu apartamento. Eu não me encontrava em condições de retornar para casa. Ele morava sozinho e ali perto. No caminho, trocamos alguns beijos na boca, e fiquei tomada pelo perfume dele, doce e inebriante, cheirando a lírio-do-brejo.

Avenida Atlântica

Quando acordei, a cabeça girava, e eu ia tentando colocar os pensamentos desconexos em ordem. Passara o *réveillon* com um sujeito bem-apessoado, gentil e agradável. E agora despertava, possivelmente na cama dele. Ele não estava ali. Puxei da memória e não tive certeza de haver feito sexo. Se tivesse, haveria sido chocho, pois não me ocorria nenhum detalhe. Estava com a calcinha e metida num pijama masculino. Coisa boa, seda, de marca. Fui levantando devagar e abri a cortina da janela. A surpresa foi proporcional ao deslumbramento: uma vista panorâmica da praia de Copacabana. O cara morava na Atlântica, de frente para o mar.

Antes que me refizesse do impacto da vista, ele entrou, trazendo o café da manhã: "Bom-dia! Dormiu bem?" E eu, enredada nas próprias sombras: "Ainda estou com um pouco de dor de cabeça." "Também estou com as costas moídas. Não tenho o costume de dormir em sofás."

Pensei rápido: o cara dormiu no sofá. Coitado. Ou é um *gentleman* ou um E.T. Talvez outra bicha... "Ainda não fomos apresentados. Meu nome é Rubens Vancouver." "Prazer, Odara."

Eu tinha acordado, mas ainda não despertara para a realidade. Custava a crer na minha sorte. O quarto do Rubens, o E.T., era lindo. O Rubens Vancouver era lindo. O café da manhã estava lindo. O ano começara com o pé direito. "Olha, seu vestido está impraticável de tanta areia e espumante. Você pode escolher um shortinho, uma bermuda, qualquer camisa que lhe servir. Pelo menos para poder ir pra casa."

Uma única questão me atormentava: será que ele já saberia que eu era um travesti? Mas a dúvida logo se dissiparia.

De fato, Rubens não era deste planeta. Eu havia vomitado no tapete da sala e depois apagara. Ele me levara para o banheiro, me dera um banho quente, me colocara pijama e me pusera em sua cama, me cobrindo com o lençol.

Envergonhada, afinal ele tinha certamente me visto nua, possivelmente ensaboado as minhas partes íntimas, eu seguia sem jeito e saída.

Rubens, notando o constrangimento, me convidou para conhecer o resto do apartamento. Era uma minicobertura de luxo. O quarto e o banheiro ficavam em cima, e a sala e a cozinha no andar de baixo. Tudo muito bem dividido, iluminado, com janelas enormes, envidraçadas e dando para o mar. Até o banheiro tinha vista. Eu imaginava como deveria ser deleitoso e elegante defecar vislumbrando o oceano.

Um quadro em especial, disposto no meio da parede da sala, chamou a minha atenção. Solícito e atento, Rubens explicou: "É uma reprodução de *Palazzo Dario, Venice*, de Claude Monet, um de meus prediletos, pictoricamente falando, é claro..."

Tinha me dado um banho, aparentemente não me colocara um dedo, dormia com pijama de seda, cagava vendo o mar e falava pictoricamente... eu não queria aceitar, mas o belo Rubens me parecia um homossexual clássico.

Rubens colocou o som, e surgiram os primeiros acordes de *Moon river*, com Ray Conniff. Eu não conhecia nem um nem outro. Mas adorei. Suspeitei que ele fosse bem mais velho do que aparentava: "Quantos anos você tem?" "Adivinha..."

Rubens era um pouco mais velho que eu. Inteligente, culto, simpático, bem-educado, ótimo humor, atencioso, tinha boa voz, ouvido para música, não ligava por lavar a louça e ajudava na decoração. Era um arraso na cozinha, e seu ossobuco de vitela com arroz de açafrão-da-terra e morangos era famoso. Era um homossexual não assumido, mas com um fator adicional relevante e despudoradamente erótico: aparentava ser muito rico. Daí, não tardamos a nos envolver.

SENHORA VANCOUVER

Marina da Glória

Nosso romance foi precedido de um gostar unilateral. Inicialmente, Rubens se apaixonou por completo. Desde o primeiro instante em que pôs os olhos em mim, no *réveillon* de Copacabana, logo percebeu que eu deveria ser um travesti. Mas dizia que eu era tão lindo que não devia a nenhuma mulher.

Aos meus olhos, ele apenas representava um objetivo, um cara excessivamente efeminado para meu gosto, mas que me acolhera durante meu fragoroso porre às vésperas da virada do ano. Interessava-me as possibilidades práticas que a grana dele podia concretizar. Jantares caros, *soirées* de teatro, viagens, presentes...

Nas semanas seguintes eu acabaria me apaixonando. O dinheiro pagando até a verdade do amor. Para melhorar, Rubens era do tipo que pagava pelo seu sossego e não se encabulava com isso. Fazia uso natural do dinheiro a fim de obter aquilo que almejava. Era mais realista que milionário, não lhe incomodando os meios nem a fonte. No seu entender, o ilícito na vida era a impossibilidade. O restante seria só jogo de cena.

Antes de mim, Rubens costumava sair com mulheres de aluguel. Pagava-lhes pela companhia e se sentia confortável, mesmo não fazendo sexo, no máximo recebendo uns boquetes rápidos. Não lhe importava se eram falsas ou reais as meias-verdades ditas à meia-luz ou se as parceiras cuspissem ou engolissem. Satisfazia a si mesmo e à sua libido prática com companhia profissional.

Comigo era diferente. Poderia até estar enganada, mas me parecia amor de verdade. Desses de cinema. Fui a primeira a meter nele por trás. Nunca antes ele gozara tanto.

Dava-se extremamente bem comigo na cama. Como ele gostava de putas, fetiches e fantasias, talvez, indiretamente, minha experiência como garota de programa na Espanha também tenha ajudado nisso.

Comia Rubens, que me comia; e o nosso amor crescia.

Ao completarmos seis meses de namoro, o romântico Rubens decidiu comemorar o acontecimento com um jantar-surpresa num iate, ancorado na marina da Glória, alugado especialmente para a ocasião. Com direito a velas vermelhas e regado a champanhe *rosé* La Grande Dame.

Com o atravessar da noite e o esvaziamento das taças, o clima permissivo e ébrio tomou conta da embarcação e de nossas cabeças enamoradas. Entre línguas e sussurros, Rubens pegou na minha mão e anunciou o noivado relâmpago. A aliança era de ouro maciço.

Apertando com a mão a aliança ao peito, eu olhava para o céu e chorava. Na realidade, um choro sem lágrimas, técnico como alguns beijos de novela. Achava que um momento como aquele pedia emoção, alguma forma de arte, de reconhecimento, enfim, um jeito de mostrar o quanto estava feliz. Não sabia se era o *rosé*, o luar refletido no mar tranquilo, o primeiro pedido de noivado ou o peso do ouro da aliança, que deveria ser caríssima, o fato era que ficara mesmo comovida.

Rubens, um otimista desde criança, se emocionou com minhas lágrimas invisíveis, e a noite, negligente e enluarada, seguiria amantíssima.

Sentindo-me mais confortável e segura já no papel de noiva, tinha agora a certeza de que não pretendia me formar em biblioteconomia. Isso era coisa de criança; uma fixação infantil. Gostava de livros e de bibliotecas, só isso. Também não me via mais uma pedagoga, como a poeta Cecília. Comunicaria, então, ao pessoal de Barcelona, o pai e a madrasta, que desistira de fazer o vestibular e aguardaria até descobrir o que realmente queria fazer na vida. Flertava com a possibilidade de seguir uma vida de prendas do lar e, futuramente, com calma, a carreira de antropóloga para me aprofundar nos estudos da cultura indígena. Vira um documentário sobre os xavantes que me impressionara.

Barcelona

De Barcelona, ao saber que o enteado desistira dos estudos, minha madrasta aproveitou a oportunidade e resolveu impor uma condição para continuar a remeter a mesada: que eu fizesse alguns exames. Apostava na minha insanidade mental e não ia ficar jogando dinheiro fora.

Armando nada mais poderia fazer, mesmo com a certeza de que eu não era nenhum louco. No máximo, um pouco desajustado, espécie de alienado serelepe com transtorno de identidade de gênero, condição em que se tem uma certa aparência física e se sente como sendo do sexo oposto. Ele ainda torcia para que eu desse um promissor antropólogo. Mas não arriscaria contrariar a mulher. Eu teria de fazer os exames médicos, e, após o resultado, todos haveriam de ficar mais sossegados.

Pouco me importei com aquilo. Marquei logo os exames. Não estava em meus cálculos, pelo menos por enquanto, perder aquela grana fácil. E quanto mais cedo eu soubesse se era louca, serelepe ou transtornada de gênero, melhor.

Os exames terminaram não acusando nada. Eu era uma pessoa normal, do ponto de vista dos encefalogramas e das tomografias. Uma espécie de *lonely boy*, com olhos de chuva e metido em marasmos do tipo *in the middle of something*.

Foi-me somente aconselhado que exercitasse mais determinadas regiões do cérebro, uma vez que meu hemisfério direito, ligado a experiências holísticas e artísticas, se encontrava exacerbado, ao passo que meu hemisfério esquerdo, mais envolvido com o lado racional, pouco estimulado.

Aproveitei para assinar um documento, no qual me predispunha a doar órgãos. Menos o cérebro, é claro. A saber: coração, pulmões, fígado, rins, pâncreas, intestinos, córneas, partes da pele, ossos, tendões e veias. Depois, arrependi-me e fiz uma ressalva: não doaria nem o fígado nem as veias, por motivos alcoólicos e venais que ninguém precisava tomar ciência.

Não dava valor ao corpo, à matéria. Minha preocupação real era com a alma. E, agora, também com o meu hemisfério esquerdo do cérebro.

Avenida Atlântica

Praticamente, eu me mudava de malas, discos e livros para a cobertura de Rubens. Meu noivo estava cada vez mais fixado à ideia de casar. Apresentou-me à sua família, que nem desconfiou se tratar de um travesti. Apenas se assustaram um pouco com os arroubos e rompantes da futura Sra. Vancouver. Marcaram a data do casamento para o mesmo dia do meu aniversário.

Rubens queria mudar para um apartamento maior, mas eu queria ficar na cobertura mesmo. O argumento dele era que precisaríamos de mais quartos, já pensando na chegada de filhos. Adotaríamos em segredo, que ninguém precisaria mesmo ficar sabendo. O sonho de Rubens era ser pai.

No início, imaginei ser uma brincadeira. De mau gosto. Depois constatei que ele levava a sério querer crianças em adoção. No fim, minha vontade prevaleceria, o que acabaria sendo a tônica da relação. Eu mandava, Rubens obedecia. Ficaríamos na cobertura e sem filhos adotivos por enquanto. Idealizava uma vida de princesa, usufruindo tudo o que me caberia, casada com um homem de posses e poses, e sem ninguém para me encher o saco. A vida, enfim, me sorria.

Detestava a imagem da paternidade. Mas esconderia do meu noivo, pois não queria confrontá-lo antes das núpcias. Era melhor ele pensar que eu também sonhava em ser pai. Ou mãe, tanto fazia.

Sabedora da importância de se cometer uma sandice vez ou outra para não enlouquecer, eu continuava com a mania de me ligar ao perigo; viver em constante ameaça de delito. Era uma amante da liberdade, e aquele casamento com Rubens Vancouver me soava como uma prisão anunciada. A meu ver, a maior qualidade do meu futuro marido ainda era o dinheiro.

Eu já admitia a proximidade da solidão futura. Aquela que é sentida mesmo que tenhamos um monte de gente à nossa volta. E, como escape, alimentava pensamentos escabrosos e fantasias eróticas. Com a justificativa de estudar antropologia, os xavantes não me saíam da cabeça.

Mesmo duvidando haver no mundo dinheiro que pagasse por um amor verdadeiro, acreditava que, com o devido tempo, me acostumaria a amá-lo, sem tanto cinismo ou forjando sentimentos. Deviam ser os primeiros sinais de recuperação do hemisfério esquerdo de meu cérebro.

O casamento não poderia ser na igreja de Santa Margarida Maria, onde a mãe e as irmãs de Rubens haviam casado. Era uma tradição para os Vancouver. Óbvio era que essa tradição seria rompida, afinal, seria impensável a possibilidade de os Vancouver descobrirem que o filho caçula se casaria com um Normando.

Rubens firmava o pé que seu casamento seria apenas uma festa íntima para convidados mais chegados e alguns parentes. Nada de padres, igrejas, damas de honra e arroz na cabeça. Queria uma cerimônia ecumênica e moderna. Dona Elsie, sua mãe, chegou a ficar doente com a teimosia e insensibilidade do filho. Eu me lixava. Tanto fazia ser na igreja, no terreiro ou na delegacia, desde que não me descobrissem o sexo masculino. Rubens que se virasse e desse seu jeito. Estava bem mais interessada na viagem de lua de mel. Contrariando os planos do meu noivo, que queria me levar à Polinésia francesa, optei por um roteiro diferente. Depois da malfadada aventura espanhola, não pretendia sair do Brasil. Pensei no coração do cerrado goiano. Iríamos a Goiás Velho e conheceríamos a casa-museu Cora Coralina, depois as congadas de Pirenópolis e, por fim, faríamos o passeio ecoturístico pelo Santuário Vagafogo. De quebra, ainda aproveitaríamos para uma viagem agendada à reserva indígena de Pimentel Barbosa, no município de Água Boa, em Canarana, Mato Grosso. Eu vinha mantendo contato com agentes de turismo da Associação dos Povos do Roncador, forma mais convencional de visitar os índios.

A família de Rubens, entre surpresa e atônita, já não compreendia mais nada. Primeiro, o casamento apressado, depois a cerimônia que não seria realizada nem na Igreja nem no cartório, e agora aquela viagem de lua de mel estranhíssima, no mínimo, *sui generis*. Pelos cantos, o que mais se ouvia era que a noiva do Rubens tinha estilo e personalidade. Além de estrela e santo forte, é claro.

O noivo, mesmo a contragosto, principalmente com a ida à aldeia indígena, aceitou e ponderou com a família e os amigos que eu era tremendamente ligada à cultura nacional, às tradições e ao regionalismo. E poderia ter sido até mais grave. Havia ainda as possibilidades, selecionadas por mim, de visitar a paulista Holambra, na tradicional exposição de flores e plantas exóticas; ficar observando baleias jubarte na Praia do Forte, na Bahia; ou assistir à semana de curta-metragens no festival latino-americano, em Canoa Quebrada, no Ceará. A verdade era que Rubens Vancouver deveria arcar com a perigosa excentricidade da sua futura esposa.

"Coração de mãe não se engana. O que eu sofri quando fui apresentada àquele sujeito travestido de mulher, gay repelente, sujeitinho vil, que só estava interessado, é claro, no dinheiro dos Vancouver. Só sendo mãe para avaliar o que passei. Ainda tive de fingir que não sabia de nada, que era uma imbecil, que a noiva do meu filho era uma mocinha. Juro que cogitei pagar alguém para dar um sumiço naquele nojento. O que mais me doía era que Rubinho estava realmente apaixonado e feliz. E cego. Tanta mulher, e ele se apegara a um veado vagabundo e metido a gente. Só podia ser vontade do meu filho de me agredir. Desde a adolescência era assim, uma insistência em fazer tudo para me envergonhar, me contrariar, me deixar mal. E ele sabia que conseguia. Aquele noivado quase me matou. Ainda bem que não havia papel passado, apenas uma cerimônia avacalhada e quase anônima. Eu alimentava a esperança de que o casamento

deles fosse durar pouco. Aquela palhaçada não ia mesmo longe. Olhava nos olhos da 'noiva' e sabia que 'ela' não ia ficar com meu Rubinho. Coração de mãe não pode se enganar..."

Goiás Velho e Pirenópolis

Rubens era capricorniano do primeiro decanato e dotado de paciência franciscana. Sua postura resignada, por vezes, se confundia com palermice. Acresça-se ao conjunto o seu total encantamento por mim. Só isso justificaria a aceitação do roteiro da nossa viagem, que, para ele, tinha tudo para se transformar em catástrofe.

Ele tentava me explicar que o hotel em Goiás Velho deveria ser daqueles, povoados por pernilongos e cheirando a espirais contra muriçocas. Depois, questionava qual a graça de se conhecer a casa onde Cora Coralina havia morado ou a vantagem de saber que Cora tinha o *Grande sertão: veredas* em sua cabeceira. "O que eu e o mundo racional temos a ver com isso, Odara?", disparava.

Mal sabia meu noivo que o pior estaria reservado para a pousada da Cavalhada, em Pirenópolis. Desde a nossa chegada, tudo parecia conspirar contra. De noite havia as terríveis e repetitivas congadas. A cantoria e o batuque se infiltravam por todas as frestas, e não se encontravam lugares para impedir a propagação do som. Sem contar que ainda era-se obrigado a conviver e coabitar pacificamente com *hippies*, rastafáris e outros grupos esotéricos.

Um pessoal que procurava por alienígenas havia se hospedado ao lado do nosso quarto. Eles planejavam um encontro e traziam, inclusive, um mapa indicando o pouso da nave. Eu quis ir com eles. Era uma noite fria e chuvosa. Rubens tentou alegar falta de visibilidade e teto para o pouso, mas foi rechaçado. Depois lembrou a todos do frio e da umidade do lugar. A resposta veio rápida: levaríamos cobertores e garapa. Ainda numa derradeira tentativa, Rubens lembrou que ninguém poderia garantir que os extraterrestres tivessem vindo em missão de paz. Não foi levado a sério, e desistiu. Se eu quisesse ir, ele não poderia fazer nada. Vítima inveterada de constipações e corizas, Rubens decidiu ficar na pousada.

Santuário Vagafogo

O estopim da bomba foi, na manhã seguinte, com o passeio ao Santuário Vagafogo. O nome já deveria ter dito tudo. Foi, para Rubens, uma experiência traumática. A aventura consistia em caminhada de ecoturismo por trilhas pedregosas entre fazendas abandonadas da região, atravessando rios, cachoeiras, formigueiros e pisando em buracos, cobras e ovos. As atrações eram o rapel e o arvorismo. Rubens foi o único que não se atreveu a experimentar.

Para culminar, havia os ciúmes dele com o guia e instrutor de rapel, que, a toda hora e sob qualquer pretexto, me cumulava de atenções especiais. E eu me deliciava. Não com os possíveis ciúmes de Rubens, que nem notava, mas com o carinho descabido do guia. Numa prática de arvorismo, no meio de uma mata fechada, o instrutor sumiu comigo por mais de meia hora, deixando todos preocupados e Rubens fora de si. Eu e o guia justificamos que nem tínhamos percebido o tempo passar. E olha que só demos uns beijinhos. Cheguei a ficar apreensiva, temendo uma reação de Rubens, mas ele, polidamente, disfarçou a sua fúria e não deixou transparecer. No fundo, talvez eu quisesse sentir nele uma mudança qualquer. Um estalo, uma demolição, uma novidade. Mas Rubens Vancouver era o mais contido possível, e de um orgulho cultivado há gerações.

Mais dramático ainda foi na volta. Chovia muito, e a lama entrava por todas as partes da roupa e do corpo. Eu, o guia e o resto do grupo cantávamos animadamente *Chove, chuva*, música da época em que Jorge Ben Jor ainda era Jorge Ben. E Rubens vinha calado, atrás, enlameado, de saco cheio e possivelmente imaginando, incrédulo, como alguém podia cantar, conscientemente, *Chove, chuva* sob a chuva. Ainda se fosse *Singin in the rain*...

Ao chegarmos à pousada, Rubens e eu fomos direto para o quarto e percebemos uma goteira no teto e a cama molhada. A administração da pousada não tinha como arranjar mais colchões. Estavam com superocupação, e a saída seria dormirmos em redes. Eu amei a sugestão, mas Rubens nunca conseguira dormir numa rede. Perdeu as estribeiras e a classe. O escândalo e as ameaças foram tantas que trataram de arrumar um colchão para ele. Velho, estreito e duro. Mesmo assim um colchão.

Tudo, porém, entrava nos eixos quando fazíamos sexo. Odara e Rubens Vancouver tiravam todas as diferenças na cama. Rubens tinha por mim fixação igual à de Petrarca por Laura de Noves. Também faria para mim trezentos poemas de amor se tivesse o dom. Eu me investia de Collette, deliciando-me com as dores dele e as sensações da libido solta, seus sabores e texturas, além de algumas sevícias consentidas e lambidas longas pela nuca e pescoço. Quando nos entregávamos, era com a cumplicidade da busca do desejo mais rasgado e impudico.

Entretanto, como se todas aquelas adversidades já não bastassem, fui acometida de repentina enxaqueca. Minha cabeça estalava de dor. E, quando isso acontecia, meu apetite e disponibilidade sexuais arrefeciam.

Foi, sem dúvida, uma das noites mais desagradáveis da vida dele. A saber: eu me queixando da enxaqueca; o colchão mínimo, em que cabia só a metade de seu corpo; os pernilongos em festa; a congada de madrugada; e os vizinhos de quarto, bêbados de garapa, discutindo sobre alienígenas e abduções. Acho que ele pensou seriamente em chorar. Não vi mais nada e apaguei.

"Nunca foi característica de um Vancouver fugir dos problemas, recuar das ameaças, mas não dava mais para eu prosseguir. Odara se entupira de analgésicos e dormia na rede do quarto. Era inacreditável, mas parecia que os mosquitos o respeitavam.

Tinha um sono de pedra e nem uma britadeira o incomodaria. Larguei-o ali dormindo, inventei num bilhete uma desculpa qualquer e deixei algum dinheiro e o cartão de crédito com ele. Quando fechei a porta do quarto e, ainda vacilante, caminhei pelo corredor, era como se multidões de olhos me seguissem. O fato de não ter me despedido dele com a justificativa de não vê-lo pedir, implorar, forçar para que eu ficasse, não me tornaria mais nobre. Saí de fininho, chispado, com a igual velocidade de minha inépcia e covardia. Antes que viesse a desistir, paguei as despesas, chamei um táxi para Goiânia e peguei o primeiro avião para o Rio. Esperaria por ele na nossa casa. Permanecer na pousada da Cavalhada por mais um dia e depois visitar índios xavantes, após tudo o que passara, era, para mim, um esforço sobre-humano."

Quando despertei e me descobri sem Rubens, confesso que fiquei pasma. O biltre havia mesmo se escafedido. Mesmo com todo o amor que sentia por mim, Rubens Vancouver me largara sozinha e fugira. Como podia ter feito isso, em plena lua de mel?

A dor de cabeça sumira. Após o café da manhã, com bolo de aipim, leite quente, pão e manteiga da terra, já estava mais calma. Pelo resto daquele dia, não arredaria o pé do quarto para passeios ecológicos, banhos de cachoeira, nem nada. Queria ficar só comigo e meus truísmos.

O dia estava pálido. Minha angústia dera um salto e postara-se bem diante de mim. O tempo passava inútil, e a urgência me chamava. Arrumei as malas e dormi cedo, esperando o ônibus que me levaria para a aldeia xavante, numa visita turística de dez dias. Se Rubens Vancouver não estivesse comigo, pior para ele.

"Logo que cheguei ao Rio de Janeiro, vi-me em dificuldade para tentar explicar à família o porquê de eu ter retornado sem a esposa. Adotei um discurso de maluco: 'Encheu minha paciência e vim embora. Deveria ter ido para a Polinésia. Dei ouvidos a Odara e aconteceu isso.' Mamãe, a princípio, achou estranha a minha atitude, mas ficou do meu lado. Só quis saber se a nora voltaria: 'Claro, mãe, ela pode ser maluca mas não é burra.' Minha mãe deve ter continuado a achar tudo muito esquisito. Para ela, meu casamento afobado não tinha futuro nem amarras."

Canarana

Chegando à reserva indígena e apresentada aos índios, fui logo tratando de me mostrar simpática e deixá-los bem à vontade. Percebera-lhes, no entanto, uma desconfiança enorme, como a dos bichos, em que o medo ou um instinto avisava: mais dia menos dia, seremos caçados.

Como fosse de nunca falar muito e observar, no mesmo dia da minha chegada eu já estava aprendendo com as velhas índias a fazer cestos de embira, puçás, chocalhos e utensílios de bambu. Em retribuição, ensinava-lhes *origami*. Logo percebi que a milenar técnica japonesa não teria a menor serventia ali. A sabedoria prática das índias me deixava cada vez mais impressionada.

No dia seguinte, andava como uma delas, pintada de urucum, comendo carne salgada de queixada e aprendendo a depenar seriema. Era como se tivesse nascido xavante. Tinha, no entanto, enorme preocupação em esconder meu sexo. As índias estranharam minha quase total falta de seios.

Ao fim dos dez dias, tinha me afeiçoado de tal maneira à comunidade que causou comoção a minha despedida. Bem no fundo, não queria ir embora.

Um dos caciques que estava em Pimentel Barbosa, Pedro Aihoi're, convidou-me para ir à aldeia Paribubure. Ali poderia conhecer melhor a história dos ancestrais Uwê Uptabi, o povo verdadeiro da nação xavante.

Os guias do Roncador acharam pouco recomendável. Conheciam e confiavam em Pedro, mas era muito chão para alcançar Paribubure. Havia florestas pelo caminho, o perigoso rio das Mortes, o ribeirão Piranhas. Não poderíamos contar com uma linha de transporte, e a travessia das margens do rio Couto Magalhães, onde ficava a aldeia, teria de ser feita de canoa. Eles não assumiriam nenhuma responsabilidade. Era uma viagem arriscada. Ademais, tinham um contrato e deveriam me deixar na rodoviária de Cuiabá. Eu era da cidade, do Sul, estava sozinha. Estavam apavorados de acontecer alguma coisa comigo.

Assinei recibos e uma declaração de que viajaria por conta, risco e vontade próprios. Embora assinasse como Normando, não houve necessidade de mostrar a carteira de identidade. Apenas preencher os dados e fingir não perceber o sorriso de escárnio dos demais. Era maior, cidadão, pagava meus impostos e ia aonde bem entendesse. Despachei minhas malas com os guias e coloquei na mochila duas mudas de roupa, tênis, boné e demais acessórios. Seguiria com o cacique e, se tudo desse certo, passaria o Natal entre os índios, as ariranhas e as aranhas.

De carona, na boleia de caminhão, pela rodovia BR-158, de barco e, principalmente a pé, passando pela aldeia São Marcos, a viagem para Paribubure transcorrera sem sobressaltos. Uma ou outra encarada de ex-garimpeiros desocupados e outros tipos malvistos, mas nada que efetivamente nos pudesse tirar a tranquilidade. Pedro era um índio forte, safo e bastante conhecido por aquelas bandas. Falava bem o português, sabia um pouco sobre leis e se mostrava sempre atento às novidades e melhorias que pudessem trazer benefício a seu povo.

Durante esse tempo, pude conhecer, por intermédio de Pedro Aihoi're, uma parte da trajetória do povo xavante. Eram índios de índole pacífica no início, que foram se afastando dos brancos e migraram para o interior até perderem totalmente o contato. Novamente pressionados, foram alcançados em seu refúgio seguro e conduzidos para as reservas: "E o tamanho dessas reservas é bom para vocês?" "Pra branco, grande. Pra nós, pequeno."

Perto da sede do posto de atração, fui apresentada a vários índios xavantes e fiquei sabendo que Pedro era mais conhecido como Jacaré, a tradução de Aihoi're. Impressionei-me também com o convívio entre o primitivo e o moderno. Ao lado de habitações cobertas por sapê e casebres de taipa, placas de captura e transformação de energia solar; jegues no lugar de carros; bugios em coleiras e micos como papagaios pelos ombros das pessoas, contrastando com tratores agrícolas estacionados e antenas parabólicas nos tetos das moradias miseráveis. A camisa da seleção brasileira de futebol parecia uniforme, assim como os *shorts* adidas e os chinelos de dedo de borracha. No meio do nada da floresta, numa pequena clareira, avistava-se um insólito orelhão, numa espécie de cena de ficção duvidosa.

Pedro, ou melhor, Jacaré, fez ligações para Pimentel Barbosa, dizendo da nossa chegada. Aproveitei e liguei a cobrar para Rubens, no Rio de Janeiro: "Que papelão, hein, seu covarde?" "Odara, onde você está? Você já era para estar aqui. O que houve? Alô, alô..."

Desliguei. Estava muito satisfeita para ficar dando satisfações.

Pedro Aihoi're chamou-me, pois ainda restavam umas três horas de caminhada até a aldeia.

Quanto mais íamos penetrando na floresta, atravessando riachos e nos aproximando de Paribubure, ia sendo dominada por uma indizível sensação de prazer.

Um momento de apreensão ocorreu quando Pedro se assustou com um barulho vindo de dentro da mata. Eram caititus, e, felizmente, o bando era pequeno.

A seguir, atravessamos pela trilha das aranhas. Dezenas, peludas e ameaçadoras. Ia fingindo normalidade e procurando manter a classe, mesmo com todo o pavor embutido. Fazia força para não lhe perguntar se eram caranguejeiras. Achei prudente me manter calada e seguir andando.

Mais uns cem metros e alcançávamos a margem de um pequeno córrego. Pedro avisou que daríamos uma parada. Eu sentia a magia forte da mata e me maravilhava com o atravessar estreito das águas do córrego. Era como se aquele rio enorme estivesse agora reduzido e em minhas mãos. Ainda que de um jeito quase automático, nessas horas eu costumava sempre agradecer a Deus.

Pedro juntou as coisas, fez sinal para eu me sentar. Numa árvore próxima, apanhou umas frutinhas avermelhadas e me deu para provar. Ficamos ali, silenciosos, mastigando as frutas. O fundo musical era o canto de pássaros e o passar da água pelas pedras. Dobrei um pouco a bermuda e abri o botão de cima da camisa para me refrescar. A vontade era tirar a roupa e me banhar naquelas águas claras e rasas. Percebi o olhar diferente e a contração labial de Pedro Jacaré. Era fêmea suficiente para entender e decifrar os rictos de desejo na boca dos homens. Pedro era um xavante forte. Um tanto fechado, com um jeito meio bruto. Como sempre em minha vida, a decisão veio instantânea e instintivamente. Tirei a blusa e a bermuda, ficando de calcinha, e chamei Pedro para entrar comigo na água.

Depois de alguns mergulhos e brincadeiras, abraçamo-nos e nos beijamos várias vezes. A trepada foi mágica. Selvagem e brusca, numa margem do córrego. O prazer maior foi escutá-lo, sobre minhas costas, gemendo, enquanto eu via pela grama rasteira algumas libélulas voando baixo. Orgasmo mesmo eu não tive. Umas formigas que morderam minhas pernas, o chão duro, as folhas ásperas, pequenas pedras e a rapidez do índio foram fundamentais. Meu gozo foi mais de liberdade, um gozo maroto de quem começava a aprender a viver estranhamente.

Não tinha mais dúvida que o índio percebera que eu era homem. Houve um momento no qual ele pegou em meu pau e se assustou, embora não parasse de meter.

No rumo de Paribubure, fiz de tudo para parecer natural depois do sexo. Às pessoas urbanas eu saberia mostrar com clareza meu agrado ou não. Inacreditável como aquela situação estava a me exigir uma tomada de posição. Era curioso ser travesti no mato com um índio. Senti-me ridícula e oprimida.

E se ele estivesse tramando novas investidas? Ia em silêncio, ao lado dele, entabulando uma forma de agir. Se ele viesse, teria de rechaçá-lo com firmeza, contudo sem ferir sentimentos ou costumes. Dependia totalmente dele, que poderia se zangar e me largar no mato. Se fosse o caso, penitenciei-me conformada, relaxaria e transaria de novo ou quantas o índio aguentasse. Fora pior na Europa, e os fins tão menores.

Não seria necessário, porém, qualquer tipo de sacrifício físico ou moral. Pedro Jacaré, durante todo o resto da viagem, sequer me tocaria. Ele transparecia uma calma atípica e um ar debochado, como quem faz um enorme esforço para evitar gargalhar. Eu não queria crer, embora tivesse quase a certeza, que o índio sabia exatamente o que ia por minha cabeça.

Quando a fome apertou, Pedro foi até o rio e não tardou para retornar com um puçá cheio de carás. Com um sorriso nos lábios, e não disfarçando um certo orgulho, disse que ia preparar o fogo.

Enquanto acendia os gravetos e tirava as escamas, ele ia contando uma história xavante sobre a origem e a função dos peixes na Terra.

Novamente relaxada, eu comia meu cará torrado e, enquanto ouvia o índio, divagava sobre a vida e seus mistérios. Um homem simples, rude e quase inteiramente afastado da civilização, aceitara melhor e mais rapidamente a minha condição e escolha sexuais. Tanto os homens como os peixes têm suas misérias e grandeza.

Paribubure

A chegada à aldeia foi uma festança. Jacaré era bastante querido e trazia uma figura com ele que inspirava a curiosidade geral. Em terra de índios, ser branca já não era tanta novidade, mesmo assim os indiozinhos me rodearam. Era provável que Jacaré já lhes tivesse avisado que eu era um homem. As mulheres mais novas me fitavam com certo descaso, e as mais velhas, com uma ponta de desconfiança. Os homens desfilavam ao redor, como pavões disfarçados. Na certa, não tinham visto ainda um travesti tão de perto e ao vivo.

Estava exausta, só desejava descansar. Começava a entardecer. Trouxeram umas cuias com água fresca. Estranhei o gosto. Fiquei com medo de uma infecção intestinal ou disenteria. Não eram tempos de hesitações. Bebi de um gole. Fui, então, apresentada a Marã Upa, tradução xavante para mandioca da noite. Marã era especialista em bijus, acepipes e tudo que pudesse ser feito de mandioca.

Pedro, todo prosa, me apresentava como sua datsiwê, uma espécie de namorada. Na verdade, ele tinha um monte de datsiwês na comunidade. Mas nenhuma com pau. O pajé Waptsã — palavra xavante que designava cachorro —, aparentemente, encantou-se comigo. Levou-me para uma oca central, com chocalhos e folhas, e me deu um tipo de passe. Era como uma quarentena espiritual.

Ainda permaneci um tempo na companhia de Marã Upa e de algumas índias mais jovens que pareciam ter toda a paciência do mundo, como se esperassem os outros chegarem onde já haviam chegado. Como uma trânsfuga recente, imaginei-me numa *chaise-longue* de cipós, absorta e entregue, passando pelas horas lentamente. A efetiva compreensão da diferença entre consciência e estado parvo ainda era um grande mal-entendido para mim.

Logo depois, serviram-me um creme com tapioca, que achei que estivesse com pedaços de galinha. Mas era carne de preá. Comi duas bananas e depois fui levada para uma rede. Balancei-me e pude ver, por uma fresta das folhas que cobriam parte do telhado, o feixe luminoso do luar invadindo o chão de terra. Percebi uma sonolência anormal. Suspeitei de haverem posto algum sedativo na comida. No entanto, lembrei-me que Pedro tinha me dito que os xavantes, ao contrário de outras etnias, não utilizavam alucinógenos. Dormi um sono agitado, despertando algumas vezes com barulhos da mata.

Na estada em Paribubure, como estagiária de ser humano, pude me familiarizar com algumas particularidades da cultura indígena. Por exemplo, descobri a origem dos sonhos que me perseguiam desde a infância. Do ponto de vista xavante, a vida era feita da mesma matéria do sonho. Era preciso, então, sonhar para se entrar em contato com os espíritos, os conselheiros oníricos, os ancestrais e guias.

Uma feliz coincidência para mim seria, dali a alguns dias, a realização da festa do Wai'á Rini, que consistia na preparação para introduzir o jovem xavante na vida adulta. Na prática, esses jovens eram deixados quase em jejum, dançando expostos ao sol, até que começassem a desmaiar, sonhar e ter alucinações, comunicando-se assim com a esfera espiritual. O sonho era, portanto, a chave, a senha para se alcançar o divino, o imaterial, o mandante, aquele que come a fruta e cospe o caroço.

Dei-me conta, e fiquei fortemente impressionada com a possibilidade, de que meus sonhos traduzissem uma real comunicação com os espíritos.

Quem me alertou sobre os sonhos foi o pajé Cachorro, Waptsã, que me adotara como filha branca com pau de índio e passara a me ministrar preciosos ensinamentos, numa forma de Wai'á Rini particular e especial, uma vez que às mulheres índias era vedada a participação no ritual. No meu caso, havia algo a mais entre as pernas para justificar.

Ainda confirmaria, um tanto contrariada, que, para se atingir algum patamar espiritual, era necessário mais renúncia do que concentração.

As sessões particulares com Waptsã eram precedidas de jejuns terríveis, e algumas alucinações chegaram a me assustar realmente. Perdera já uns três quilos.

Foi-me difícil explicar ao pajé que eu não necessitava passar tanta fome para sonhar. Eu possuía o dom dos sonhos mesmo com a barriga cheia. Não houve acordo com ele: ou eu jejuava ou não falava com os espíritos. Desisti. Preferi ficar como as outras índias, sem tratamento espiritual especial, todavia bem alimentada. Melhor comum entre as comuns. Tinha pavor da fome.

Certa manhã, no preparo da farinha, surpreendi-me com as índias rindo, sem aparente explicação. Era assim constantemente entre elas. Cresciam a cada dia em que davam gargalhadas verdadeiras de si mesmas. Era o passaporte terreno para o paraíso, do qual eu um dia ouvira falar num sermão de missa perdido na memória da infância. Ninguém poderia imaginar que eu encontraria minha paz entre jovens índias, no meio da mata, Mato Grosso *off-road*, abandonada em plena lua de mel, alguns quilos abaixo do peso, e rindo do nada, por nada e sem nada que me levasse a não rir. Feliz e aplacada de mim mesma.

Passara o Natal, entrara o novo ano e eu cada vez mais índia entre os índios, reaprendendo a viver cada dia como um dia de cada vez. E, ao retirar o peso do meu passado, ia tomando coragem para encarar o que viesse.

Mercedes, minha madrasta, informada por meu pai que eu havia me casado com outro homem e agora vivia com os índios, escondido em alguma taba, num lugar ermo, interior do Mato Grosso, sobrevivendo de surubim, mandioca e brisa, teve então a certeza que tanto perseguia: seu enteado era mesmo maluco. Decidiu que não mandaria mais nenhuma mesada para o Brasil.

Havia fortes evidências de que eu virara uma índia de verdade. Enlouquecera de vez. Já fora puta; agora era uma silvícola aculturada. Armando, mesmo sem dar mostras, parecia preocupado: "*Mercedita, mi amor*, não podemos abandonar *mi hijuelo* num momento desses." "*Ya no hay remedio, Armando, el chico antes loco, ahora es una india loca. Mi dinero elle ya no ve...*"

"*Nenhum Vancouver escondia mais de mim saber que Odara, na verdade, se chamava Normando. Mamãe contratara até um advogado de renome para se assegurar de que meu casamento não traria danos futuros. Queriam a certeza de que Odara, ou melhor, Normando, não teria nenhum direito, afinal nossa união, para eles, se constituía numa afronta. Aliviados, imaginavam que ao mal ainda caberia cura se detectado no início. O maior medo deles era de que surgisse uma lei reconhecendo a união civil entre homossexuais. Havia uma forte tendência nos ministérios públicos em querer equipará-los com os mesmos direitos dos casais heterossexuais em temas como herança, divisão de bens e pensões. Havia esse risco real.*

Mesmo convivendo com a reação indignada da minha família, eu ainda não desistira de Odara. Sentia-lhe a falta, era dependente de suas incoerências, do seu humor ácido e do sexo. Principalmente do sexo. Se fosse ajudar, eu viraria índio também. Eu sabia que a distância diminuía os amores fracos e aumentava as paixões de verdade, igual à velha história do vento que apagava velas e atiçava fogueiras. Desesperado, eu tinha a certeza de andar com um coração em chamas apesar da minha falsa pose de bombeiro.

O resumo da minha pífia existência atual era que, sem Odara, a vida perdia a graça. Sua forte presença usurpadora, em meio a toda aquela ausência, incomodava. Minha vida era um velório, e eu lembrava a mim mesmo: 'Rubens Vancouver, cuidado que você está enxergando o mundo com a gravidade de alguém que está diante de um túmulo.' Odara se tornara meu fetiche, minha fixação elementar, meu pão de ló, minha total perdição. Não amava só desesperadamente, eu necessitava das rédeas. Sentia-me como uma criança quando tenta proteger um adulto quando este lhe impõe um castigo."

Alheia a tudo que se passava no Rio de Janeiro ou em Barcelona, eu prosseguia cada vez mais índia que uma índia natural. Desobrigada de ver o mundo da perspectiva da competição e dos preconceitos, podia sorrir em paz. Antes, o que nem às paredes confessava, agora, como num fado trocado, deixava escancarado e à mostra. Era o prazer de ser liberta e largada. Sem vergonha de ser o que era.

Aprendera com o pajé Waptsã a filosofia do conhecimento xavante. Tinha de pensar, porque pensar era melhor que saber, e pensar e saber era menos que olhar. Mesmo recém-descobrindo os fundamentos do saber olhar, ainda sentia falta de meus livros. Era a forma de ainda olhar e ver alguma coisa. O que não daria para ter algo para ler. Logo eu, que de tudo lia. Inclusive Luft. Podiam ser as cartas de Mário de Andrade a Fernando Sabino, ou as edições clandestinas dos versos de Bocage. Pensando bem, me serviriam até os hexagramas do I Ching ou os horóscopos de jornal. Bula não. Jamais lera bulas, além de ser contra a automedicação. Uma revista, um guia de tevê, qualquer coisa. Era uma viciada em leituras.

Um traço de minha personalidade era lutar para que a literatura nunca viesse a prevalecer sobre o encanto dos fatos. Não poderia esquecer que era um marginal, um não aceito social. Diante de um clássico da literatura, sofria ao entender as tramas e me identificar com os protagonistas malditos. Era como se a literatura não pudesse fazer justiça aos excluídos; somente os desnudasse ainda mais, expondo suas reais fraquezas ao crivo do leitor, crítico natural. Mas a ninguém eu revelava essa deficiência. No meu ignorar mais disfarçado, tentava manter solene proteção, uma espécie de escudo de pureza, contra os perigos que ler e se entregar poderiam gerar. Justo por isso, não me admirava tanto de os xavantes serem tão desenvolvidos espiritualmente sem leitura. Seus ensinamentos se transmitiam oralmente pelos mais antigos. Com a vida de traveco que levava, eu aprendera cedo a ter um receio desmesurado das palavras ditas. Somente aos bicheiros de esquina valia o escrito, e aos fidalgos o fio de barba empenhado. Para mim, o não saber dos xavantes era tão vasto que nele caberia todo o conhecimento humano.

As melhores horas solitárias em Paribubure eram as que eu passava no riacho perto da aldeia. Saciava a sede com as mãos em concha, sorvendo o líquido e me vendo refletida no leito das águas. Era como se jamais tivesse nascido homem. Via o reflexo fiel de uma mulher plena e de nascença. Para minha alegria e surpresa, estava cada dia mais me parecendo com uma índia genuína.

A'AMO WATSI

Paribubure

O pajé Cachorro Waptsã tinha recebido um aviso dos conselheiros oníricos, e me chamava com urgência: eu estava com um fantasma velho e agoniado, grudado a meu corpo como uma rêmora teimosa e sugando minha alma qual um carrapato astral. Era um espírito mau, um tssimirropâni.

Claro que pensei logo no velho Isaac. Só podia ser o falecido.

O plano do pajé para afastar aquele ente *possessore* era o ritual da velha Xica, que consistia em convencer o tssimirropâni que eu morrera. Só assim ele me largaria.

Waptsã reuniu as índias mais velhas da tribo, isolou-se conosco na oca e, em cerimônia rápida ao redor de uma fogueira, me deu ervas amargas para mastigação, uns passes enfumaçados e beberagens fortes. Depois me deitou numa esteira e organizou as velhas à minha volta para dançar em círculos, marcando ele os passos com falas entrecortadas, numa forma de ciranda sincopada. Uma cantiga portuguesa que minha tia de Friburgo sempre cantava me veio à lembrança: "gira, gira e volta a girar, quando eu morrer, ó ciranda minha, deixa o luzeiro para que eu possa ver meu amor, meu amor, sempre a girar, girar...". Nesse momento, senti um forte tremor, que não se via por fora, coração batendo fundo, espaçado, e uma zonzeira com a visão do rodar das velhas índias. A partir daí, comecei a ter dificuldade em manter um curso de pensamento lógico e me dominou a sensação de o tempo parecer maior do que a realidade. Adormeci em razão disso e, muito provavelmente, das beberagens e ervas.

Quase amanhecendo, despertei, sentindo um gosto de ferrugem na boca e o corpo moído como se uma manada me tivesse atropelado.

Depois eu soube que o tssimirropâni do Isaac havia sido ludibriado. Dera um trabalho danado, quase a noite inteira. Era um obsessor determinado. Enfim, eu estava livre. Podia agora voar o quanto quisesse dentro de mim que não o encontraria mais.

Surpreendi-me ao poder acreditar em algo invisível. Os espíritos da floresta se igualavam às moléculas, aos átomos, à velocidade do som, aos monstros apocalípticos, à guerra biológica, até mesmo às verdades e às mentiras. Não eram vistos, mas sabia-se que existiam. A saída era crer que não se precisava temer. Bastava permanecer atenta ao que não se podia ver.

Como tivesse oniricamente morrido no ritual, eu tinha, então, de renascer. Meu batismo foi motivo de festa em Paribubure. O pajé Waptsã vinha com meu novo nome, escolhido em sonho pelos conselheiros espirituais e anunciado a mim e aos demais. De agora em diante, Odara não existia mais; em seu lugar, A'amo Watsi, lua e estrela, na boa e velha fala xavante.

Cuiabá

Pensava em Rubens Vancouver, meu ex-marido. Devia andar por Copacabana, óculos escuros, cabisbaixo e depressivo, mantendo o silêncio entre seus guardados e ambicionando ser um outro que não ele mesmo.

Conhecia-o pouco, mas intensamente. Rubens, que bebia bem mais do que socialmente, devia estar agora entornando suas garrafas de *bordeaux* e se alimentando mal. Podia antever sua cabeça fraquejando, descendo aos poços mais fundos, e a vida virando um trem descarrilado.

Na certa, andava afogando suas mágoas nas casas de massagem com as putinhas de sempre. Não tinha mais tempo a perder com nele. Rubens morrera para mim.

"Odara não me saía da mente. Eu parecia um legista com pavor de cadáveres numa sala de autópsia. Perdido e desorientado, curtia as saudades e os despojos de um matrimônio fracassado. As poucas lembranças boas da lua de mel se desvaneciam quando repassava minha fuga covarde e desabalada. Martirizava-me, perguntando por que Odara não gostava de esquiar, tomar licores, visitar jardins ou frequentar salas de concerto. Por que não cinco-estrelas, vip, conforto, brioches, brioches, brioches? Por que me casara com a revolucionária francesa em vez du Marie Antoinette? Por que preferia uma cantora de forró em Flor da paisagem *a uma soprano em* Casta diva? *A veracidade da minha paixão era inverossímil.*

Quando ainda estava com Odara, num desses porres monumentais et pour cause, ouvi-o lamentar-se que era um feto que se desenvolvera unicamente no aspecto físico. Mentalmente permanecia feto e do sexo feminino. Ele se via numa ultrassonografia imaginária. Era um louco completo, e eu, idiota, me apaixonara por um feto...

A despeito de tudo, a ausência dele permanecia fraturando meu cotovelo a cada minuto. Não podia mais aceitar o discurso de que tudo passava, que o tempo a tudo sarava, pois como explicar a dor que insistia em me acompanhar? Odara era para mim como uma droga pesada. Adicto desse amor, que me viciava no espírito e na carne, eu teria de percorrer a mesma via-crúcis junkie, os mesmos clichês de purgação, rejeição e redenção, talvez obrigatoriamente nesta ordem.

Não tinha mais dúvidas. Eu correria atrás dele. Podia ser no inferno, no meio do mato, na taba mais escondida, onde Judas dera por falta de seus calçados, até dentro de mim mesmo. De passagem comprada para Cuiabá, eu contava os dias. À moda de Sartre, tomava bola para ficar ligado durante o dia, e à noite, comprimidos para dormir. Afetado e cheio de anfetaminas, ansiava a hora do cara a cara com Odara. Acertara tudo com os guias de Pimentel Barbosa. Tivera sorte de achar o mesmo guia, que também conhecia Pedro Jacaré e o caminho para Paribubure. Não ia me sair barato, mas valia o preço.

Minha inconformada família e alguns poucos amigos se postaram à minha frente no saguão do aeroporto. Nem parecia uma despedida, e sim um comitê a tentar me dissuadir do plano estúpido. Eu não sabia aonde ia me meter, com que gente lida-

ria, se os índios eram hostis.' Teve um primo que lembrou haver uma tribo nos confins do Mato Grosso suspeita de canibalismo. Mamãe chorava antevendo o iminente escalpo do seu filho: 'Pelo amor que você tem a sua mãe e a todos nós, desista dessa bobagem de viajar. Faça-me essa alegria.' Permaneci calado. Só mantinha a certeza de que não queria mais ser a alegria dos outros, e sim a minha. Os apelos prosseguiam: 'Correr atrás desse travesti pode ser um grande erro, meu filho.' Eu sabia que o maior erro fora ter nascido. Pensei em dizer isso a minha mãe, porém, mesmo sendo a grande responsável pelo fato, ela não era a culpada. Somente parira; o resto, mera subsequência: 'Esse pervertido vale todo esse sacrifício, Rubinho?' Abaixei a cabeça e respondi: 'Ele é a outra parte da minha estrada, mãe.' 'Há momentos nos quais é melhor andar só.' 'A gente nunca está só, mamãe.' 'Pense bem, meu filho, no passo que você vai dar.' Não respondi mais nada. Por mais falso que fosse o passo em falso, eu tinha a certeza que o melhor era já não conseguir parar. Verdadeiramente, eu tivera sempre uma vida tediosa irremediável. Não me lembrava de haver desobedecido ao predeterminado. Faltara-me o peso fundamental do erro grave, fatal, que tantas vezes se transformava na senha que abria as portas. Eu abria essa porta pela primeira vez, para o bem ou o mal, e isso não poderia ficar impune. Minha família e amigos torciam para que eu não quebrasse a cara. Já decidido, eu não pensava nisso. Em minha motivação de apaixonado, ocupava-me, nessa etapa crucial de vida e transformações, em tentar ser o que não era. Podia até dar certo."

LUA E ESTRELA

Posto de Atração, Pimentel Barbosa

Pretendia mudar meu nome no papel. Cansara de Normando. Depois de casada com Rubens e adotada pelos xavantes, passaria a me chamar Lua e Estrela Vancouver. Não sabia se deveria incluir o Sá Coelho que combinava bem com Vancouver. Talvez ficasse extenso, poderia chamar a atenção, e eu atualmente vivia minha fase indigenista que combinava mais com quietudes e discrições.

Pelo menos formalmente, permanecia casada. Meu atual e mais forte vínculo com Rubens era o rancor e as dessemelhanças. Travesti ressentido, precisava odiá-lo e necessitava saber que ele resistia ao sofrimento do meu ódio.

Pedro Aihoi're já me avisara que Rubens havia saído de Cuiabá, com destino a Paribubure, para se encontrar comigo, ou melhor, com Lua e Estrela, no Posto de Atração, perto de Pimentel Barbosa.

Concordei, mas algumas regras teriam de ser minimamente observadas. Não se tolerariam agressões físicas de ambas as partes; as verbais seriam permitidas em tom baixo e somente sob a forma de eufemismos; o cacique Pedro Aihoi're manter-se-ia nas proximidades e neutro, embora a neutralidade naquele momento fosse um rigor quase impossível; a índia Marã Upa estaria presente durante todo o encontro e permaneceria calada; e, a mais importante: Rubens deveria se dirigir à ex-companheira como Lua e Estrela. Odara tinha morrido.

No dia e hora combinados, chegamos eu e Marã Upa. Rubens Vancouver já estava lá com Pedro Aihoi're. A conversa foi rápida:

"Meu Deus, Odara, você virou índia mesmo?" "Se me chamar outra vez por esse nome, viro as costas e você nunca mais me vê. Meu nome agora é A'amo Watsi, Lua e Estrela em xavante."

Rubens fez cara de deboche, mas deve ter achado mais prudente se controlar: "Está bem. Lua e Estrela, assim está melhor?" "Bem melhor." "Você fez tatuagens nos braços?" "É de urucum, tem a lua no esquerdo e a estrela no direito." "Não doeu?" "Nem um pouco." Ele, então, ficou em silêncio e me olhando: "Você, de índia, está ainda mais bonita..."

Fitei-o, séria, e não disse nada. Pensei em Rubens como um pano velho que não valia a pena lavar. Ele disfarçou e mudou a conversa: "Quem é essa senhora a seu lado?" "É Marã Upa, conselheira espiritual e também a reencarnação dos ancestrais pela mandioca."

O esgar sardônico de Rubens, contendo a risada com uma das mãos, fora o bastante para deflagrar a primeira crise: "Rubens Vancouver, seu babaca, do que você está querendo rir?" "Nada, não é nada. Não sabia que mandioca reencarnava." "Você não sabe de tanta coisa..."

Houve uma pausa ligeira e constrangedora. Rubens, então, prosseguiu: "Odar..., digo, Lua e Estrela, quanto tempo você pretende ficar por aqui?" "Minha vida." "Agora você é uma xavante?" "Há vários séculos, e não sabia..." "E a sua família?" "Minha família sumiu sem deixar traços. Uma parte morreu em Duque de Caxias e outra se mudou pra Barcelona." "E o nosso casamento?"

Não respondi. Herdara do meu lado Odara o melhor e mais oportuno silêncio e em cuja hora se fazia mais preciso.

Rubens não quis perder a calma e seguiu tateando, à procura das palavras certas. Imaginava que eu poderia estar sofrendo um surto psicótico ou ainda sob o efeito de alucinógenos, provavelmente alguma mistura com mandioca: "Eu aceito você de volta da maneira que você quiser. Lua, xavante, estrela, com ou sem mandioca, te amo, preciso da tua presença comigo."

Sabia o quanto era difícil para Rubens admitir e se declarar amando alguém e não ser correspondido. Abaixei a cabeça, suspirei fundo e me mantive quieta. Marã Upa acendeu um cachimbo e deu umas baforadas para cima de Rubens, que, cada vez mais, devia achar aquilo tudo sem sentido. Finalmente, eu me manifestei: "Não preciso de que ninguém me aceite se já me aceitei." "E o amor que eu sinto?" "É pura pretensão querer que uma pessoa seja feliz só porque a amamos." "Quem é você para julgar o amor de alguém?" "Uma índia, apenas." "Bicha, você está louca."

Um novo e necessário silêncio se impôs, dessa vez ainda mais calado. Rubens esperou, respirou e buscou novas tentativas: "Você vem comigo ou não?" "Meu mundo agora é aqui." "Seu mundo é comigo, meu bem. Copacabana, avenida Atlântica, cobertura, mordomias..." "Você veio até aqui pra me dizer isso?" "Se você teimar com essa história de índia, em bem pouco tempo não seremos mais casados. Minha família está me enchendo o saco." "Eles vão adorar por você não estar mais comigo." "Estou me lixando pra minha família." "Só sinto pena que gostava do sobrenome Vancouver. Ficará então só Lua e Estrela. Sabe de que mais, melhor só Lua e Estrela Xavante." Rubens denotou impaciência: "Eu aqui, fazendo este papel ridículo, e você preocupada com sobrenomes..."

Marã Upa começou a dançar e deu novas baforadas na cara dele. Eu sabia que a vontade de Rubens era de socar a velha, me pegar à força e sumir dali. Mas não podia, nem tinha coragem: "Odara, quero dizer, Lua e Sol..." "Lua e Estrela!" "Que seja, Lua e alguma coisa, antes de voltar para Cuiabá, ficarei por aqui mais dois dias. Se você desistir dessa farsa grotesca..." "Não perca seu tempo, queridinho, dois dias podem ser uma vida." "Eu vou esperar, minha vida terá muito mais do que dois dias." "Você é quem sabe."

Eu, então, me aproximei de Rubens e dei-lhe um beijo no rosto e abracei-o apertado. No fundo, gostava dele. Tinha sido bom e justo para mim. Só era um bocó, covarde, dependente de pau e não tinha culpa. Ao menos culpa de ser bocó e dependente. Já da covardia, jamais o perdoaria. Aceitava todo tipo de frescura para um veado, menos ser medroso: "Rubens, meu piradinho, maricona, eu te perdoo por tudo."

Rubens aceitou ser chamado de pirado, maricona e ainda de ser perdoado, possivelmente sem saber a razão. Na certa, ainda deveria estar inebriado com o abraço apertado que eu lhe dera.

Marã Upa e eu saímos, decididas, em direção à mata que levava a Paribubure. Se eu olhasse para trás e visse o olhar pidão e carente dele, talvez me arrependesse. No caminho, pensava que às vezes receber o amor era mais complicado que amar. No fim, concluía ter agido da melhor forma.

Cuiabá

"No quarto do hotel em Cuiabá, luzes apagadas, janelas fechadas, deitado na cama, ainda não acreditava que havia sido perdoado por Odara de uma coisa que nem mesmo eu sabia. Repassava minha vida, o casamento e a felicidade conjugal efêmera. Conhecera o homem, ou a mulher, da minha vida no último dia do ano na praia de Copacabana. Suspeitava que minha paixão à primeira vista por Odara não tivesse sido somente fruto de veleidade ou carência, tendo profundas razões sobrenaturais: eu estava numa festa de réveillon com gente rica e bonita, prosecco no balde de gelo, maionese de lagosta, vista privilegiada para o show de fogos, quando, sem motivo aparente, alguma coisa me disse que devia correr para a rua, pois encontraria a razão da minha existência. Não acreditava em premonições, não cultuava nenhuma religião nem me arrogava em converter o próximo. Mas aquilo fora tão real e inacreditavelmente audível que não ousei duvidar. Ainda não encontrei explicações para o fato de, logo ao chegar à areia, ele vir ao meu encontro, praticamente caindo no meu colo. Era muita coincidência. Além do fator

imponderável de quando o conheci, havia também o meu fascínio quase obsessivo por ele, pelo seu silêncio, o olhar perdido, as olheiras irresistíveis, seu corpo magro e sensual, a beleza diferente e indiferente, seu modo prepotente de dar a bunda e fazer amor como um macho delicado... Não, não podia estar enganado: o destino me escolhera para ficar com ele. Agoniado, eu me perguntava o que deveria fazer. Torcia para que Odara aparecesse no hotel a qualquer hora, arrependido e voltando à civilização e ao nosso casamento. Minha paixão se assemelhava a uma peça que me haviam pregado. Alguém lá de cima. O céu, que brincava comigo e com meus sentimentos, como num filme de Bertolucci. Decidira: esperaria por ele. Mas só por quarenta e oito horas, nem mais um minuto.

O dia mal clareara e já me encontrava acordado. Remexendo-me na cama, de um lado para o outro, como um prisioneiro do colchão. Era um tempo ansioso, pari passu com meu desejo. Eu via o prazo que me dera, igual a uma inevitável ampulheta, avançar com indiferença. As arrastadas quarenta e oito horas tinham passado. Ninguém me procurara na recepção do hotel, nenhum telefonema ou recado, nenhum sinal de vida de Odara nem de Lua e Estrela.

Arrumei minhas coisas, paguei a conta, pedi para chamarem um táxi, tomei um café e fui para o aeroporto.

No trajeto ainda não tinha os pensamentos totalmente em ordem. Só eu poderia resolver o impasse da minha vida sem Odara. No íntimo, não queria acabar com aquele casamento.

Era como se pudesse manter algum elo, mesmo que, na prática, isso nada ou bem pouco significasse. Em contrapartida, se permanecesse amuado assim, acabaria mergulhado em depressão. E isso, eu antes já tivera provas, poderia ser mortífero.

Só de mim dependeria calcular todos os riscos, custos e benefícios. O celular tocou. Era minha mãe, ansiosa por notícias. Resolvi não atender. Quem sabia a cura de meu mal senão eu mesmo? Quando chegasse em casa, pesaria as hipóteses e tomaria as decisões pertinentes. Até lá, havia ainda a possibilidade de Odara entrar em contato comigo. Ainda não havia notado, mas minha esperança e cegueira eram do tamanho da minha paixão."

Ribeirão Piranhas

O povo xavante viera do lugar onde começava o céu, onde o sol aparecia. Todo dia de sol era abençoado. Naquela manhã, entretanto, estava tudo cinza, um céu de estanho.

Era a primeira vez que não me sentia bem na aldeia Paribubure. Podia ser um simples período de entressafra, ou reflexos tardios da visita de Rubens, ou ainda alguma reação à falta de hormônios. Nao sabia dizer o que me estava afligindo.

As horas se arrastavam, e eu sufocava sob o peso da minha própria banalidade. A falta de novidades me roía a alma. Procurei o pajé Cachorro Waptsã e lhe fiz saber do meu incômodo. Depois de alguns passes e rezadeiras, ele me garantiu não se tratar de nenhum espírito ruim, e sim de problema meu. Que eu fosse ralar mandioca ou cuidar da roça.

Temi que minha velha síndrome de inquietação se instalasse, antevendo a proximidade de um ataque de ansiedade.

Naquele instante, passava por mim o jovem índio Atsadarã, animado e se preparando para pescar com os adultos no Ribeirão Piranhas. De imediato, lembrei de Miguel Sávio. Esforcei-me para afastar a ideia de tentar seduzi-lo e abrir chance à consciência de me cobrar a tendência pedófila. Que tipo de tarada era eu? Quanto mais procurava tirar da cabeça o menino índio mais minha libido se acendia. Podia ser a solução para a monotonia que eu buscava. Duas bordunadas num coelho só. Era muita tentação.

Chamei Atsadarã e propus um dia irmos juntos pescar. Só nós dois e mais ninguém. Ele imediatamente me perguntou se eu sabia armar jequiás ou atirar de arco e flecha. Sincera, respondi que era esforçada e aprendia rápido.

Na tradição xavante não era bem-vista a saída de uma mulher para a pesca. Mas conspiravam a meu favor a tenra idade dele, a minha sedução e o fato de os costumes antigos não serem mais tão levados a sério. Além do que Lua e Estrela também poderia ser considerado um índio.

Atsadarã, lobo-guará em xavante, poderia uivar à vontade que não teria como fugir àquele novo assédio.

Valencia

"Não poderia nunca imaginar o quanto minha Mercedes ainda sofreria com as desventuras de Normando aqui em Barcelona. Nem eu, que sou pai, senti assim. Dava pena vê-la daquele jeito pelos cantos, chorando baixo e lastimando que seu enteado brasileño era um amalucado e queria ser mulher. Tinha feito tantos planos para ele, ou ela. Se Mercedes continuasse desse modo, terminaria doente. E imaginar que fora eu quem inventara toda essa história de bom pai arrependido. Quantas vezes eu me questionei se valeria a pena mexer no passado: 'Armando Coelho, esquece esse seu filho, homem...¸ Mas eu tinha a consciência ferida, sonhava com Norma me acusando, padecia de pesadelos e suores frios. Para mim tanto fazia se meu filho fosse macho, gay ou extraterreno. Só pretendia um jeito de diminuir a culpa. E, agora, minha mulher nesse estado.

Foi a partir daí que cedi, e começamos, objetivamente, a pensar em adotar uma criança. Ou isso, ou Mercedes morreria de frustração. Ela queria, porque queria, herdeiros, e eu não tinha mais como evitar. Acabaria sobrando para mim. Conhecia bem aquela espanhola teimosa.

Marcamos para viajar a Valencia a fim de acertar tudo com a Adopción Internacional. Estava agendada uma entrevista final para a adoção de um menino etíope. Tudo bem encaminhado e com previsão para liberação dos documentos para dali a um mês, no máximo. Mercedes, excitada, já decorava o quarto, *comprava o enxoval do bebê e até escolhera o nome do menino: Antonio de Jesús.*

As confusões e as decepções causadas por Normando precipitaram e apressaram a nossa decisão. A dedicada Mercedes cuidaria de Antonio para que não ficasse igual a meu filho, ex-garoto de aluguel e agora travesti indígena.

De certa forma, Normando servira ao menos de mau exemplo. Por sua causa e intervenção, uma criança etíope teria agora melhores chances de vida. Pior para meu pobre filho, que perderia de vez a chance de voltarmos a lhe enviar os euros. A criança etíope lhe confiscaria as atenções. Atenções financeiras, uma vez que, tanto eu como Mercedes sabíamos que nada significávamos para Normando em termos de afinidade ou carinho. Minha falecida Norma que me perdoasse, mas melhor proveito faria, sem dúvida, o pequeno Antonio de Jesús."

Oca maior

Meus encontros clandestinos com Atsadarã, às margens do ribeirão, rendiam horas de relaxações, mas nenhum peixe pescado. Na pele de Lua e Estrela, e tomada pela alma de Odara, eu abandonara a prudência de vez e me arriscava sempre. Era mais forte que qualquer religião ou circunstância.

No fim, nem saíamos mais com a intenção de pescar, esquecendo até de levar o arco, a flecha e o samburá, transformando-nos na chacota da aldeia.

Tinha especial predileção em me deixar penetrar nas águas do rio. Era uma sensação prazerosa e me fazia sentir uma iara, mãe-d'água dos índios. Atsadarã, no papel de boto, também não decepcionava. Possuía a vitalidade dos garotos aliada a uma beleza peculiar e morena. E um pênis curto e bem grosso, que, na verdade, era o que eu mais prezava.

Já não havia ninguém que não soubesse ou brincasse com o nosso caso. Era Marã Upa, porém, com seus maus presságios, a única a antipatizar com aquelas falsas pescarias.

A confirmação dos agouros da velha índia veio a seguir. Atsadarã, o menino lobo xavante, fez um estardalhaço na aldeia, queixando-se que eu puxara a cabeça dele e forçara a sua boca para me chupar o pau.

As pescarias teriam a partir dali um ponto final. Eu ficaria recolhida à oca maior, sem poder arredar o pé de lá e sob a vigilância do pajé Cachorro, que passou a me ministrar mais beberagens e banho de ervas em seguidos e inúteis rituais de purificação. Eu me tornava a cada dia mais histérica e transtornada. Sem os hormônios, minhas ereções começaram a ficar mais constantes. Até o pajé Cachorro Waptsã andava assustado. Ninguém sabia como agir. Aquela situação não estava nos planos de nenhum xavante. Talvez só nos de Marã Upa.

Friburgo, novembro

"*Estávamos cansadas de procurar pelo primo Normando. Queríamos comunicar o falecimento da nossa mãe. Sabíamos o quanto ele era apegado a ela. O mais curioso e funesto foi que mamãe morrera, de falência múltipla dos órgãos depois de quase um mês de internação, bem no dia do aniversário do primo.*

Ninguém sabia dizer o paradeiro dele. O porteiro do prédio onde Normando morara antes de se casar dissera que a caixa de correio estava cheia e que ninguém mais aparecera por lá.

Tio Armando, comunicado por telefone, lamentou a morte da nossa mãe, mas informou que também não sabia muito do filho sumido. As últimas notícias davam conta de que Normando completara um curso sobre orquídeas, desistira do vestibular para biblioteconomia, casara-se de repente e, atualmente, estaria em excursão com índios pelo interior do Mato Grosso, o que não seria nenhuma novidade, afinal, sempre se dera melhor com bichos do que com gente.

Eu falei para Nilze que era melhor procurarmos pelo marido dele, um tal Rubens. Nilze foi contrária: 'Onde já se viu, Nilza, ir falar com o marido de um outro homem...' Fui sozinha, nessas horas minha irmã era um zero à esquerda. Mas também pouco adiantou: o Rubens havia viajado para o exterior, e sua família se recusava a sequer tocar no nome do nosso primo. Logo desconfiei que alguma coisa séria devia ter acontecido. Assim que lhes comuniquei sobre a morte de mamãe, tiveram uma reação fria e cretina, mais ou menos do tipo 'o que nós temos a ver com isso?'. Quando contei a Nilze, ela também ficou chocada.

Nem da missa de sétimo dia conseguimos avisar. No fim, desistimos. Nilze deu a ideia de colocarmos um anúncio no jornal, se Normando lesse..."

Paribubure

Os meses subsequentes de cativeiro na oca foram de purgação total. Cada vez mais transtornada pela falta de estrogênio, eu vivia me masturbando, enfiando os dedos no ânus e gritando obscenidades. Apesar da prescrição do pajé para tomar chá de olho de goiaba com raspa de juá, nada reduzia ou amenizava meus acessos. Punha-se mais goiaba, tirava-se a raspa do juá, ou o contrário, e nada.

À mercê dos desígnios da natureza e dos cuidados do pajé, e já quase aterrorizada com algumas transformações no corpo, pedi por uma ida a uma farmácia, planejando pegar algumas ampolas de Perlutan. Mas fora em vão, os índios não me deixariam injetar estrogênio. Só tratamento com ervas e outras poções.

Depois de muito chilique e ameaças psicossomáticas, consegui convencer minha mãe de fé, Mará Upa, a me ajudar a ir a um posto médico qualquer. Não podia continuar daquele jeito. Meus seios, que já eram pequenos, haviam sumido, minha barba e pelos cresciam, e podia jurar que meu pênis aumentara uns três centímetros. Era o fim.

O olhar triste e sem lágrimas de Marã, seguido de comovido não dizer nada, mostrava decepção. Era como se a filha branca A'amo Watsi estivesse renegando sua segunda origem. Se os espíritos estivessem querendo que eu voltasse a ser homem, ela deveria aceitar.

Ficara claro, nessa hora, que eu não coadunava com o ideal xavante e os princípios que regiam os espíritos da floresta. Agora eu ansiava pela volta à civilização, o regresso da Odara velha de guerra. Não confiava mais nas pajelanças ou nos antigos rituais. Sonhava com aplicações de estrogênio, rímel e sobrancelhas aparadas.

Marã Upa insistia em que eu aguentasse. Talvez, no fundo, me invejasse por aquele pênis. A velha não compreendia por que eu não aproveitava os dois lados. Era uma escolhida dos ancestrais. Tinha a mandioca e o pilão na mão, como a faca e o queijo.

Eu vislumbrara uma ameaça se aproximando quando poderia ser exatamente o inverso. Encontrava-me prestes a lidar com a redenção, numa outra forma de encarar a vida. Havia a chance de saborear a androginia, brincar de semideus na aldeia. Faltou-me coragem, sobrou-me ilusão de segurança em ser mulher. Poderia também, se quisesse, engravidar uma índia, conhecer a paternidade, embora não pudesse nem me imaginar ligado a uma mulher para sempre.

Meu transtorno de identidade de gênero, condição em que a pessoa tem a aparência de homem e a mente feminina, clamava por progesterona urgente. A realidade psicossocial falava mais alto que a biológica. Cada vez mais Normando na aparência, eu via, em pânico, a máscara cair, uma lua eclipsar e uma estrela esquecer seu brilho.

O cacique Pedro Aihoi're resolveu me levar a Cuiabá. Também ele não conseguia esconder o desapontamento. As mesmas vestimentas, brincos e colares, o urucum e a fala igual podiam até disfarçar. Mas será que, no fundo, eu nunca nascera para ser índia, ou índio, de verdade?

Agora eu apresentava um quadro de febre e dores constantes por todo o corpo. Pedro Jacaré tinha um conhecido na Santa Casa de Misericórdia e não queria assumir a responsabilidade daquela situação.

Entristecida, percebia o clima de velório no semblante dos meus novos irmãos; o mesmo que reconhecia a morte. Como se alguém estivesse de fato indo embora. Ou nunca tivesse vindo. Era-me torturante aceitar essa espécie de morte, tanto do ponto de vista físico como do anímico.

Acima dos prejulgamentos e das velhas hipocrisias, não abria mão de meu mínimo conforto e de voltar a ser mulher. Era um travesti e continuava sendo xavante. Por que não me compreendiam? Eles não viam televisão via satélite? Não tomavam antibióticos, vitaminas contra a gripe? Não substituíram a lenha pelo botijão de gás? *They shoot horses, don't they?* Por que teria de ficar um monstro acocorado, escondendo ereções, como uma aberração macunaímica qualquer?

Marã Upa me pediu, com extremo esforço, que não fosse para Cuiabá. Homem índio tinha de renascer em Paribubure.

Eu seria pai de um menino índio. Era vontade do ancestral. Eu devia ouvi-la, precisava acreditar na voz do espírito.

Nem era uma questão de ser pai. Na realidade, não pretendia espalhar pequenos normandos ou odaras mundo afora. Crescera acreditando na terrível equação das mães adolescentes e solteiras abandonadas, cujas mães e avós solteiras as tiveram também adolescentes e abandonadas, numa triste sucessão de gerações desperdiçadas. A questão agora era se, como pai de um índio, eu mudaria minha visão pessimista.

O problema era medo. Morria de medo de ser pai. Ou mãe. Nem sabia ao certo. A minha não morrera atropelada quando eu mais precisara? Meu pai não sumira? Os traumas vinham daí. Devia ser psicológico. Tudo na vida era psicológico.

Como era de meu feitio, agi no improviso e sem dar chance às poderosas dúvidas que, costumeiramente, me cercavam. Para alegria geral, avisei que não sairia mais da aldeia. Não faria hormonoterapia e permaneceria travesti de cabeça, Odara xavante, Lua e Estrela com o corpo que a natureza me provera. Peludo, pau duro, sem perucas, rímeis ou disfarces. Só não seria pai. Daria e comeria cu, como sempre na vida. Só precisava da continuação das minhas fantasias, nada mais.

O pajé Cachorro foi o que mais festejou. Há muito ele temia deixar de acreditar naquele ser andrógino que chegara na companhia dos altos espíritos e ultimamente se deixara afastar deles.

O cacique Pedro Jacaré me conhecia bem e se acostumara às minhas surpresas, recordando, é claro, do sexo no rio, a caminho de Paribubure.

Marã Upa não sabia como parar de sorrir, tanta era a alegria. Seu olhar deixava escapar raios de felicidade. Gostava de mim como filha. Achava que eu ainda cumpriria meu destino de ser pai de um menino xavante.

Estava melhor agora, minha parte Odara ficara mais apaziguada internamente. Poderia até não ter tomado a decisão acertada, mas me enchera de brios e dera razão aos irmãos xavantes. Valia a pena se assumir e correr riscos, e quão mais cedo, mais rápido se acostumava.

Avari, uma jovem índia, gordinha, peituda e risonha, engravidara de Atsadarã. Num misto de raiva disfarçada, ciúme e despeito, eu não saía mais do lado da nova amiga, cumulando-a de atenções e mimos. Atsadarã não olhava com simpatia aquela abrupta aproximação. E temia que o convívio comigo fizesse mal à futura mãe ou a influenciasse negativamente. E também havia um pau ameaçador.

De fato, uma das manias da jovem grávida era me bolinar quando estávamos sozinhas. Avari não entendia como uma mulher poderia ter aquilo pendurado. Eu ficava contrariada, mas me agradava a possibilidade de irritar Atsadarã. Só por isso, numa tarde quente, deixei que a índia chupasse meu pau. A verdade foi que explodi num gozo longo e demorado. Devia ser já o resultado da falta de hormônios.

Como a pressentir alguma coisa, Marã Upa passou a nos vigiar de perto. Como uma freira atenta. Achávamos graça e provocávamos a velha índia. Assim, divertíamo-nos e passávamos o tempo.

No dia das contrações finais e do rompimento da bolsa de Avari chovia bastante na aldeia. Levada para a palhoça das parteiras, ela teve uma hora tranquila, dando à luz um menino saudável e cabeludo.

O grito da mãe, gutural e agudo como um guincho, durante a chegada ao mundo de seu filho ecoaria fundo e encheria, a princípio de espanto, depois de orgulho, o coração de homens, mulheres e animais daqueles arredores. O nome do menino seria Dadzadari, grito em xavante. Escolha óbvia e onomatopaica do pajé Cachorro Waptsã. Ofereci-me para ser sua madrinha de espírito.

Copacabana

"Olhava-me no espelho e não conseguia mais reconhecer refletido o velho Rubens Vancouver. Andava indócil e insatisfeito; sobrevivia sob as marquises, como se estivesse sempre me protegendo dos temporais. Não via meu amor por Odara esmorecer. Inversamente, ele parecia crescer ainda mais na distância e seguia incendiando meu peito. Eu já elaborara todas as máscaras e estratagemas a fim de que ninguém descobrisse meu profundo e inominável padecimento. Tinha vergonha de não sentir raiva da minha paixão homossexual não correspondida.

Num desses inícios de tarde, e sem muito a fazer, decidi ir ao antigo apartamento de Odara. Ele podia ter voltado sem falar com ninguém. Eu achava civilizadamente implausível ficar tanto tempo com índios, no meio do nada e dos mosquitos. Nem Rondon suportaria. Conhecendo o porteiro, e bem relacionado através das gorjetas usuais, não foi difícil saber que ele nunca mais pusera os pés por lá. O porteiro disse que havia algumas cartas. Pressenti a oportunidade de bisbilhotar-lhe um pouco a vida, sem contar com a chance de encontrar algo revelador ou alguma confidência. Avisei ao porteiro que levaria as cartas.

A decepção foi grande. Eram somente avisos de cobrança, anúncios, panfletos, uma pizzaria delivery *que inaugurava, um vereador mostrando serviço num jornal nanico, promoções da locadora de vídeo, um cartão genérico de felicitações de aniversário de uma loja de roupas, uma carta das primas comunicando o óbito da tia dele e nada mais. Nenhuma carta de homem, qualquer inconfidência, pista, nada que me pudesse servir.*

Ao menos tinha agora a desculpa de poder procurá-lo para entregar aquela correspondência. Telefonei para o Posto de Atração e falei com o mesmo guia que me levara da outra vez. Acertei com ele a entrega da encomenda para Odara, ou melhor, Lua e Estrela, via caixa postal. Aproveitaria para mandar junto um cartão, contando as poucas novidades e deixando bem claro que, caso ele pensasse em voltar, estaria esperando. Pediria apenas para que não deixasse de se comunicar. Poderia usar o mesmo contato, que eu arcaria com as despesas. Não deveríamos ficar tanto sem falar só porque termináramos o casamento. Pensei em dizer que agir assim não era civilizado, mas voltei atrás. Não seria mesmo de bom-tom para um travesti índio recente.

Terminei por perder a coragem de escrever, embora soubesse, mais do que ninguém, que a única alternativa para combater meu tédio fosse a manutenção daquele amor doentio."

Canarana

Dadzadari, filho do pequeno lobo e da peituda risonha, completava seu primeiro ano de vida. Saudável, esperto, geminiano e xavante. Surpreendia-me a cada dia com a minha vocação maternal despertada. Como não havia percebido antes que nascera para aquilo? O segundo seguinte àquele grito na hora do parto já me trazia a certeza de que ia viver para aquele menino. Não deixava de ser irônico, logo eu, um travesti, hedonista de plantão, antigo simpatizante de Herodes, que preferia a companhia de um gato à de uma criança.

Avari adorava ter a minha atenção para o filho, e Atsadarã já nem mais ligava. O melhor foi que eu, na função de Lua e Estrela, recriara a crença de que se dar a alguém podia ser um cais seguro, retorno certo e uma grata sensação. Perdera, aparentemente, o medo de amar. Pelo menos por enquanto.

Pedro Jacaré foi a Canarana a fim de registrar o filho de Avari. O nome pomposo escolhido: Eduardo Dadzadari do Grito Xavante. Dadu, para os amigos. Passaria antes no Posto de Atração para devolver, intacta, a encomenda postal que Rubens enviara. Eu não queria nada mais que fosse endereçado ou fizesse menção à falecida Odara.

Copacabana

"Quando recebi pelo correio o pacote devolvido, nem fiquei muito decepcionado, como se esperasse mesmo por aquilo. Agora, para mim, tanto fazia. Aprendera que só uma coisa poderia ser mais drástica que o amor transformado em ódio: o desprezo. Ainda não sabia bem se o ódio disfarçado que sentia era maior que o desejo de desprezar Odara. Contudo, em mim havia um lado razoável pedindo e me impelindo a desistir de esperar por sua volta. Afinal, até as esperanças e os devaneios deveriam ter seus mínimos freios."

Paribubure

Teria ainda de passar por uma provação que antes me julgava incapaz: a morte repentina de Marã Upa.

Pela primeira vez, sentira a carne dilacerar, o peito comprimir, a alma escurecer. Uma parte de mim morrera também. Perdera o ânimo, a fome, a vontade de viver e quase a razão. Preferia estar louca ou alienada a continuar convivendo com a dor daquela ausência de Marã. Nunca experimentara tanto sofrimento, nem na morte da minha mãe, quando tinha oito anos.

No ritual do funeral sagrado dos índios, eu fora encarregada da leitura de despedida, no idioma macro-jê. Junto com os outros parentes da morta, cortei os cabelos em sinal de luto

Levaria comigo até o fim os ensinamentos, a recordação, a saudade e, principalmente, aquele riso escancarado e sem dentes. Ninguém tinha uma risada igual à dela. Era a única coisa que ainda me fazia sorrir durante, pelo menos, três semanas após o enterro da velha amiga.

Califórnia

"*Some like it hot, mas no meu caso era mais* cool*, profilático,* relax*, quase glacial. Mamãe me lembrava, sempre que podia: 'Rubens, meu filho, você é um Vancouver, tem de reagir, deixar para trás essas tragédias e tolices, viver para o amanhã, de que valem* yesterday's papers'*. Minha mãe, dona Elsie Webb Vancouver, era uma esnobe, mas cheia de boas intenções comigo; aliás, como todas as mães, esnobes ou não. Uma coisa era certa: minha vida tediosa tinha a vantagem das calmarias. Nada acontecia de bom, mas também raramente acontecia algo de ruim. Uma das exceções tinha sido meu casamento homossexual com um tipo como Odara.*

Chegava ao fim mais um ano, e eu, que não era supersticioso, contrariando minha natureza, planejava voltar ao mesmo lugar na praia de Copacabana, último dia do ano, na esperança de achar outro alguém. Dera certo uma vez...

Acabei só encontrando gente de branco, uma romaria infindável de bêbados e toda a gente olhando para cima, feito clones imbecis, fascinados pela monótona queima de fogos no céu da cidade.

Dia seguinte, tempo de mudanças, decidi dar uma guinada na vida. Isto é, trocar de preocupações. Chega de Odara, travesti índio maluco. A paixão maníaca por ele estava me fazendo definhar e me sentir ridículo. Iria trocá-la então por uma viagem aos Estados Unidos. Quanto mais prazeres, menos tempo para autocríticas. O mundanismo e o usufruto me levariam à parcial anestesia da faculdade de me analisar e refletir. Um mês pela Califórnia. Daria um pulo em Los Angeles, arriscaria uma grana nas roletas e terminaria em Santa Monica, no Pacific Park, maior parque de diversões do planeta. Andaria em todas as montanhas-russas, preparado para sustos e gritos. Muita vertigem e histeria nos loopings, despencando em quedas livres, catapultado para o nada. No expectations, era bem o que eu precisava."

Buritis, novembro

A saudade de Marã Upa ainda me doía. Após sua morte, fazia questão de lhe reverenciar a memória a cada mandioca moída, raspada ou torrada na aldeia. Os índios se divertiam com aquele estranho ritual de reverência e já estavam acostumados às minhas maluquices.

A vida seguia seu curso na taba. Eu nem me lembrava mais de que fazia aniversário naquele mês. Fitava as estrelas e não me preocupava com o andar das horas; tudo passava: as horas, as preocupações e até as estrelas.

Enfim, concluíra que não existia futuro convencional nem passado que condenava. O tempo seria uma mera percepção da mente humana; a vida era só o já e o agora. Uma cena que não tinha reprise.

Era a época da corrida de tora de buriti, tradição entre os xavantes. Toda a aldeia girava em função do evento. As mulheres preparando iguarias e os homens cortando os troncos das árvores. Dadu, todo animado, participava pela primeira vez.

Eduardo Dadzadari, o pequeno Dadu, crescia rápido. Era um menino esperto, com os cabelos pretos e lisos do pai. Mas, estranhamente, tinha os meus olhos e minhas olheiras. Poderia ser a convivência. Impressionava também a todos pelo jeito de rir igual ao de Marã Upa. Avari garantia que um pouco da velha índia tinha se incorporado a seu filho.

Eu lembrava que, antes de viver com os índios, costumava levar os dias representando um papel qualquer. Mulher, homem ou veado, não importava. Para comprar jornal, ir à feira, comprar sapato, sempre num palco, sempre teatralidades. Agora, naquele campo cercado de buritis, ao lado do povo xavante, dava mais valor a só viver sem atuar.

Conhecia o egoísmo da cidade grande e as ridículas convenções. Por isso também me cansara da busca total por prazer, da febre consumista, das desigualdades, agressões malévolas, violência necessária como autodefesa, enfim, da miséria moderna. Permitia me dar um tempo num local sossegado, perto da natureza, para poder escutar bem meus sentimentos.

Mas não podia ser só Paribubure o local bucólico que me motivasse. Com certeza haveria silêncios em todos os cantos onde os homens habitavam e até debaixo dos guarda-chuvas. Na metrópole, em meio a todo barulho ensandecido, ainda havia um campo de golfe, um templo budista, uma biblioteca fechada ou os muros altos de uma prisão qualquer. O silêncio era a alma, e esta, a única casa. Mosca tinha alma; pedra, bode, flor, onça, macaco, riacho, juriti, areia, larva, girino, tudo tinha alma. Com dinheiro e sorte até se podia ir à Lua, mas a verdadeira busca pelos silêncios era o interior da alma.

Daporedzapu

Desconfiava seriamente que não ficaria mais por muito tempo em Paribubure. O pajé Cachorro Waptsã tinha razão quando me dizia que minha cabeça e a natureza romântica eram como espíritos andantes em conflito. Minha sina seria errar em inapelável movimentação e procura. Jamais seria uma a'uwê uptabi, índia de verdade em xavante. Sabia disso agora, e procurava mitigar meu remorso, negando o futuro mais próximo e tão claro.

Na hora da sesta, não raro acontecia de sentir culpa de minha felicidade, comparada à dos outros menos felizes.

Mesmo assim, mantinha-me arredia. Nem sempre a solidão era acompanhada de angústias. Pessoas e bichos traziam dentro de si a tristeza, mas nem toda pessoa ou bicho era só.

Chegara o início do Daporedzapu, a cerimônia da furação das orelhas. Uma etapa importante e plena de simbolismo para todos os que viviam na taba. No Daporedzapu era a vez de os jovens pedirem licença para conquistar o universo dos mais velhos.

Eu, um travesti xavante por adoção e acaso, também furava analogamente as orelhas e vivia a transição interior.

Nesses possíveis derradeiros dias de aldeia, cada segundo menos Lua e Estrela e mais Odara, eu encarava a certeza de que minha etapa xavante estava se encerrando. Já me achava incômoda no meio do mato. O que de tão violento se operava comigo para que mudasse tanto meus pontos de vista? Depois de conseguir aparente paz interior, por que essa vontade maluca de mudar, arriscar, me perder de novo?

Não havia mais dúvidas em minha mente. Mesmo conturbada, era uma mente decidida. Chegara a hora de retornar ao chão, ao asfalto, ao lodo, ao inferno. A vida urbana de ódios e ócios. Voltaria a meus hormônios, às maquiagens, às roupas e aos gestos provocantes, à vida miserável, danada e arriscada de traveco.

À rua, se preciso, pois ainda bem que precisava sobreviver. Criaria um *site* e me ofereceria para programas. Tinha um corpo bonito e agradava aos homens. Sentia falta de cair de boca num pau, como beijo de cinema. Adorava dar a bunda por dinheiro. Ou por nada. Ser o objeto de desejo de tantas pessoas, mesmo os asquerosos, carcomidos, fedidos, brutos ou depravados. Isso compensaria a ausência de amor. Compreendia o senso prático e a força que impulsionava as vadias. Mesmo assim, chorava. E não sabia se era de tristeza, alegria ou pavor.

ODARA
(ou desce)

Tanguro

Havia uma trilha pouco conhecida e utilizada em Paribubure, passando pela reserva xavante de Tanguro, que levava a Canarana. Os índios a chamavam de caminho da Pata da Onça. E nem o pajé sabia a razão. Talvez uma onça tivesse matado um índio com uma patada; ou quem sabe uma onça de pata grande perambulasse pelo local. O que importava era a trilha ser um atalho que passava por paisagens magníficas e que alguns, mais velhos notadamente, asseveravam se tratar de um lugar encantado. Desde que soubera do tal caminho, passara a sentir uma irrefreável atração, como se alguma força maior me chamasse.

Um começo de dia, com o mormaço ajudando, peguei minhas coisas, arrumei na mochila, e deixei Paribubure. Não olharia para trás. Não queria ver o pajé Waptsã Cachorro, nem Avari, nem o afilhado Dadu, ninguém.

Na minha rota de fuga, eu era acompanhada pela sombra de Marã Upa. Parecia lhe sentir o cheiro e a risada. Sabia que poderia me arrepender, mas não retrocederia. Pegava o caminho da Pata da Onça e, quase correndo para não desistir, deixava a aldeia. A cada passo apertado, afastando-me da reserva, sentia o mundo ruir. Lembrava do primeiro dia, quando chegara, trazida por Pedro Aihoi're Jacaré. Fizera amizade com todos ali e, praticamente renascera, e, se hoje voltava à urbanidade, devia bastante a eles. E agora, indo embora assim, como fugitiva... Senti-me um pouco traidora deles e de mim mesma.

Pela trilha erma, eu confirmava que o trem de minha história ainda seguia fora dos trilhos, deixando claro que a verdadeira hora de parar e descer se aproximava. Próxima estação: reserva de Tanguro ou o nada; ou o lugar mais próximo disso.

O tempo escorria, deslizava. Tentaria sobreviver a mim mesma ou às urgências de alcançar algum lugar. Queria falar, falar muito, ininterrupta e quase desesperadamente. Como os levianos, os tagarelas, os felizes casuais. Mas não conseguia. A quietude, naquela trilha possivelmente assombrada, me oprimia.

No meio do caminho fui me despindo metaforicamente de A'amo Watsi, uma Lua e Estrela que fora o amálgama do bicho solto com o simples, o igual. Era Odara agora quem voltava ao comando.

Menos mal que ainda permanecia com a visão debochada da vida. Não levava nada a sério, nem mesmo a própria capacidade de debochar. Era uma renascida, um ser exótico e sobrevivente. Revia passagens da minha vida. E listava, mentalmente, alguns fatos: a mãe atropelada; o pai pulando fora; a homossexualidade restrita; o primeiro homem, septuagenário; o desvario de bancar a puta em Barcelona e a quase prisão por terrorismo; as experiências inquietantes com lésbicas, girafas de borracha e orquídeas; os relacionamentos com chatos terminais, vigaristas e ectoplasmas; o casamento com um *playboy* maricas. E agora, após uma temporada entre os índios numa reserva xavante, seguia andando, no meio de uma trilha, à procura de não sabia o quê; talvez um retorno. Quase perdida na mata, tomada pela agonia de não chegar ou ser atacada por alguma coisa, alimentava-me da própria loucura e da ânsia suicida por perigos. Espantando mosquitos, evitando galhos e pedras, enxugando o suor da testa, aprendera, na própria pele, que não se podia prezar a cautela e querer viver ao mesmo tempo. Ou uma coisa ou outra. Desde o tempo de Normando, já suspeitava que mais feliz era quem corria riscos e se surpreendia.

Em meio a tantas elucubrações, quase não percebi uma sucuri atravessando a trilha. Aguardei-a passar para o outro lado, quieta, quase sem respirar. A cobra queria tanta distância quanto eu. Arrastava-se, lenta e calma, como se nada existisse além dela. Em minutos, sumia dentro do verde, só deixando seu rastro. Houve um instante no qual pensei ser o espírito de Isaac, revivido numa anaconda, para me assombrar. Já devia estar muito tempo andando na mata, para me deixar levar por esses pensamentos nefastos.

Para me distrair, retornei à caminhada como se estivesse numa passarela milanesa. Acho que foi Mirela quem me disse uma vez que travesti não andava, desfilava. Então, cabeça erguida, postura desafiadora, prosseguia altiva no meio da mata, lembrando da amiga e desfilando igual a uma Bundchen às avessas.

Quando começava a achar que me perderia, uma claridade maior mostrou-me que chegara perto da via principal.

Rodovia BR-158

Não fora mesmo uma viagem agradável. Exausta, cheia de picadas de mosquitos, com fome, mais salva do que sã, na beira da rodovia BR-158. De alguma forma eu me perdera e não atingira Tanguro. O jeito era pedir carona. Como estava quase escurecendo, preferi comer umas bananas e me preparar para dormir ali, perto do acostamento, a fim de esperar pelo amanhecer. Àquela hora seria improvável alguém parar.

Estava complicado dormir. Cães latindo ao longe, formigas, insetos voando, algum barulho que não reconhecia, a semiescuridão, o barulho de carros passando, enfim, a insegurança urbana de que eu até me desacostumara. Mesmo assim, pegava no sono em cochilos rápidos.

Com o dia mal nascendo, fui despertada pelo barulho da buzina de um caminhão. O motorista já me avistara e diminuíra a velocidade. Ajeitei-me na roupa e cara amassadas, bocejei e disse ao caminhoneiro que queria passar em Canarana, se possível na Associação dos Povos do Roncador. Precisava chegar a Cuiabá. O homem, a princípio cabreiro, analisava do seu carro a situação. No fim, não tenho dúvidas, falara mais alto a belezura de índia com voz grossa e ancas largas. Mandou-me subir. Estava indo para Altamira. Cuiabá não dava, mas me deixaria perto da Associação. Enquanto arrumava a mochila, eu tinha a impressão que aquele favor não me sairia barato. Mas, na falta de escolha...

O homem era meio ruivo, sarará, peitos largos, barba espessa e maltratada; tinha um boné surrado, com o escudo do Corinthians, os olhos saltados, que pareciam claros; era feio. Boca desdentada, nariz avermelhado, unhas sujas e aspecto de porco.

Durante a carona, fez um monte de perguntas. Eu respondia aquilo que podia; e o que não, inventava: "Qual o seu nome?" "Odara." "Prazer, meu nome é Rui. Mas pode me chamar de Marreta; assim que todos me conhecem."

Nem ousei perguntar o porquê do Marreta.

Paramos num posto para tomar café. Rui, definitivamente do tipo grosseiro, perguntava e comentava tudo, sem aparas. A seguir, desconfiou se eu era ou não mulher: "Você é índia mesmo?" "Fui até ontem; deixei de ser tem nem vinte e quatro horas..."

Rui Marreta não se agradou da resposta. Não era bem chegado a conversas esquisitas. Retornamos ao caminhão, e nem passada uma hora, foi direto ao ponto e, enquanto alisava as minhas pernas, me pediu um boquete.

Era o divisor de águas. Mais cedo que supunha, via-me obrigada a optar se voltaria a ser a índia adotada por seus ancestrais xavantes, ou assumir de vez a personalidade de travesti ordinário. O imediatismo do momento, chupar aquele pau ou não, me cobrava uma decisão rápida. Sabia que recusar poderia me trazer problemas. Mas não fora nem isso. Assim, sem explicação, senti um rubor me subir pelo corpo, como um fogo quase sem explicação. A boca salivava. Desabotoei a calça do caminhoneiro e me inclinei, pressentindo meu corpo repuxar e o coração quase saltar da boca.

Não queria admitir, mas estourava de tesão. Sentia falta do lado lascivo de Odara, das humilhações necessárias, da ânsia por qualquer perversão.

A decepção foi grande quando segurei o pau do homem. Inicialmente, imaginei que estivesse mole e que daria um jeito. Mas não operaria milagres. O pinto dele, qual uma minissalsicha enlatada, cabia inteiro em minha mão. O pior: minha mão não era grande. Um membro diminuto e acanhado, que destoava da aparência do seu dono brutamontes. Mesmo extremamente decepcionada, e com raiva, fingi não ter notado nada de estranho. Brincava com ele na boca e fantasiava o sexo oral com um bichinho.

Rui não gozara, mas se mostrara nitidamente animado. Pegou um desvio da estrada e, numa beira de matagal ao lado, parou o caminhão. Puxou-me para fora, armou uma rede na carroceria, agarrou-me e deitou-se comigo. Depois, com ímpeto exagerado, arriou minha calcinha e me forçou a abrir as pernas, dando de cara com uma pica que já suspeitava existir: "Eu sabia, sua filha da puta!" "Calma, meu bem, ele fica quietinho, escondido, você nem vai notar..."

O meu pau era quase o triplo do dele. Como não iria notar?

Saiu comigo da rede num solavanco e deu o primeiro soco. Atingida no olho esquerdo, não consegui enxergar mais nada. Algumas sacudidas fortes, acompanhadas de mais ofensas, outro murro na boca e fui ao chão. Misturado à poeira, o sangue que escorria de minha boca parecia chiclete. No mínimo, um dente perdera. Senti ainda um chute nas costelas e umas pisadas na cabeça. Antes de desmaiar, ainda pude vê-lo, dando a volta, manobrando o caminhão e sumindo.

ODARA CLOSE

Irajá

Mesmo tanto tempo depois da temporada na reserva indígena, eu me pegava respirando e raciocinando como índia. Aprendera com os xavantes, e era ainda como se fosse da tribo, mesmo longe deles.

De volta ao Rio, minha fama como travesti que vivera entre os índios aumentava a cada entrevista que dava ou programa de televisão em que eventualmente aparecia. O sucesso era total com as poções para rejuvenescimento e as ervas contra depressão que eu criara e patenteara. Através da sociedade feita com uma rede de farmácias de manipulação, entrava na lista das empresárias bem-sucedidas. Agora, tratava de divulgar uma pomada extraída da toxina do veneno de uma aranha que tinha efeitos semelhantes ao viagra. Corria um sério risco de ficar rica.

Assumira de vez a prostituição disfarçada, mesmo sem depender disso para viver. Muito além de fonte de renda, vender meu corpo me dava prazer e me recompensava. Só dessa maneira podia desenvolver a autoestima. Pressentia meu valor pessoal medido pelo número de vezes que transava; quantidade de assédio dos que passavam por mim; e os olhares de cobiça e desejo estampados na face dos homens. Tudo isso me alimentava e fazia com que me sentisse viva. Carne viva.

O medo de envelhecer me aterrorizava. Desconfiava que travestis envelheciam mais rapidamente. E era esperta o bastante para desconfiar que minhas poções pouco ou nada adiantariam.

Ainda me mantinha quase à margem de tudo. Na intimidade, era mais sombria que verdadeiramente triste, embora, para os demais, a alegria contagiante e os dentes incisivos continuassem à mostra, numa espécie de pantomima vinte e quatro horas ao dia.

Para mim, as coisas realmente importantes somente aconteceriam com quem estivesse sorrindo. Procurava me comunicar, achando graça em tudo e gargalhando fácil. Era cordial e bem mais eficiente assim.

Não precisava me maquiar tanto, apenas um *jeans* básico e apertadíssimo que realçava meu corpo esguio e sem muito peito; bugigangas, brincos e colares com adornos indígenas; o cabelo fino, escorrido, e a manjada franja xavante. Algumas vezes, usava tranças ou prendia o cabelo com penas multicoloridas e, em noites muito especiais, substituía o *blush* pelo urucum.

Tinha consciência da sorte de ser bonita e passar praticamente por mulher, embora também soubesse não estar livre de ser lembrada como Normando. E eu detestava essa hora.

Contudo, era melhor pensar dessa forma que vir a me desiludir depois. Ou terminar desiludindo alguém. Quando era mais jovem, agradava-me especialmente tentar enganar os parceiros, passar por mulher que só gostava de sexo anal.

Agora, amadurecida, era bem ao contrário. Como se, ao ser apresentada, pudesse dizer, nas entrelinhas: "Muito prazer, eu tenho colhões..."

Ainda trazia no corpo algumas marcas da surra covarde na rodovia BR-158. Durante um bom tempo, por causa de uma fratura na costela, tive dificuldade em respirar e muita dor quando tossia ou espirrava. O olho roxo durante uma semana deu origem a uma perigosa laceração subconjuntival que por pouco não me ocasionou a perda da vista esquerda. De resto, um pivô no pré-molar, uma cicatriz perto do olho disfarçada por corretivos e bases, sem contar com o trauma psicológico para o resto da vida. Durante um certo período, alimentei a vontade de me vingar do mundo. Menos mal que fora encontrada e socorrida por um grupo de turistas japoneses que pescava por aquelas bandas. Nunca pude lhes agradecer direito. Na função de travesti, quando era procurada nas calçadas ou nos *sites* de programas por algum caminhoneiro, imediatamente recusava. Já para japas ou nisseis, dava desconto generoso. Era meu jeito de lidar com a humanidade.

Mas não podia reclamar. Comparado aos casos de agressão que via ou sabia acontecer com colegas quase todo dia nas ruas e em qualquer lugar, era bem pouco. Descontando o lamentável episódio com o caminhoneiro homofóbico, não passara por situações graves ou de risco. Talvez por meu jeito tupiniquim ou de índia brejeira. Os índios, conceitualmente, sempre angariavam simpatia.

Permanecendo solteira, com alguma autonomia de grana, eu me instalara num confortável sala, dois quartos e demais dependências no condomínio Vivendas do Irajá. Pura opção. Adorava a vida calma e suburbana. Curiosamente, morava a duas quadras de uma biblioteca popular. Fazia questão de sempre ficar perto dos livros. Greta Garbo se encheria de orgulho de mim.

Levara Mirela para morar comigo; ela e seu inseparável *yorkshire* Colossus. O cachorrinho nunca latia, era castrado e comia ração barata, enquanto ela supervisionava a agenda e a minha vida, cuidando de praticamente tudo: marcando encontros, pagando contas, indo às compras, cozinhando, fazendo faxina ou o que mais pudesse.

Depois da quase morte por septicemia em função do uso abusivo de bombas de silicone industrial, Mirela ficara com sequelas e não poderia sobreviver da rua. Sua fixação por Sophia Loren aumentara a um nível de quase delírio. O quarto dela era um recorte só, com colagens de fotos e pôsteres da estrela. Solta no mundo, beirando a demência e sem parentes ou mais alternativas, só restaria à pobre Mirela — na verdade João Egídio de Souza — cuidar da casa, de mim e torcer pelo meu sucesso.

"Odara é a melhor pessoa do mundo. Não há ninguém que chegue a seus pés. Foi a mão divina que fez eu ter conhecido ele naquela calçada escura e suja da Quinta da Boa Vista, e ajudado ele a enfrentar aquele monte de piranhas invejosas. Fiz

porque vi nele uma luz. Odara é um anjo de sorte que caiu no meu caminho. Bom demais, só pensa no bem dos outros. Não é mesquinho; e o que deseja para ele, divide com os amigos. Toda vez que ele chega em casa, meu cachorrinho vira de barriga pra cima e fica ali até ele dar atenção. Sempre foi assim. Pode ficar famoso, que sempre continuará o bom menino, do coração grande, maior que tudo. Quando eu estive mal no hospital, e quase morri, foi ele quem me salvou. Nunca esqueço disso. Dá trabalho cuidar dele, eu sei. Todo mundo tem suas manias, e ele não é diferente. É um pouco preguiçoso, descuidado dos horários e das obrigações. Mas tem o sangue e a fibra de um guerreiro. Não há mal que ele não enfrente ou revide. Ele sempre me diz: 'Mirela, você é o meu único amigo nesta vida.' Se Odara morrer, eu morro junto com ele."

Nunca mais tivera notícias de minhas primas de Friburgo, e só soubera da morte de tia Adalgisa outro dia. Meu pai também sumira. Antes, me dissera da adoção do menino africano. Seu Armando deveria estar agora em algum canto de Barcelona, às voltas com Mercedes e o filho adotado, e eu perdera o posto. Também não tinha mais idade para continuar posando de filho, ainda mais com seu Armando como pai.

Ainda me relacionava com meu ex, que não se cansava de tentar uma reaproximação. Rubens, sempre que podia, me vinha com agrados, desde que, é claro, a contrapartida sexual ficasse incluída.

Celita Spavarolli mantinha contato. Agora, de maneira mais nobre, contida e sem os enguiços da paixão cega de antes. Ficamos amigas.

Miguel Sávio, enfim, se suicidara. Morri de pena. Não pude evitar o pensamento esdrúxulo de que se juntaria agora ao avô a fim de tentar me perseguir também em pesadelos espirituais.

Minha ambição atual era escrever um livro onde pudesse contar a minha vida. Com *glamour*, alguma ficção e transbordando realidade, uma realidade fantástica e dúbia. A narrativa teria de ser no feminino e na primeira pessoa, com um certo peso confessional, tipo memórias de uma desmiolada assumida e com coragem para ser desmiolada assumida, e eu mesma, se possível.

Era figura conhecida na biblioteca popular. Contudo, por mais que aparentasse algum saber literário, não conseguia refletir nas ações o possível respaldo das obras que lia. Havia até aqueles que duvidavam, e não sem razão, de que eu possuísse toda essa leitura. Na verdade, minha relação com a cultura e as artes sempre foi nebulosa.

Na minha adolescência, cismara com Maiakovski, mas o que mais gostava era de andar pra lá e pra cá com os livros dele debaixo do braço. Ler mesmo, não lia. O mesmo acontecera com Malarmé. Deste só guardara a frase que dizia sobre quando se define algo, se mata, e quando se sugere, se cria. Nunca entendi bem o sentido, mas adorava e vivia citando sob qualquer pretexto. Da maravilhosa Clarice Lispector, invejava a figura cheia de mistérios e a natural pose de intelectual. E era linda; tudo o que eu sonhava ser. Do seu livro da paixão de GH, só sabia do resumo da história da tal barata. Já o conto do ovo e da galinha lera umas três vezes. Cada vez entendia de um jeito. Amava. Outra paixão era a poesia de Cora Coralina. Daí a fixação em conhecer seu museu. O certo era que escolhia os livros que poderiam causar impacto, e deles retirava alguns personagens. Foram os casos da Lizzie, no livro de Sartre, e de Olga Arellano, no *Pantaleão e as visitadoras*. Era como se eu pudesse trazê-las à vida real. Os tipos dos livros do João Antonio passavam a realidade do mundo que me cercava. Da Lia Luft eu só li parte de um que fez sucesso e que já nem me lembro, mas, na época, sei que me ajudou bastante. No fundo, a literatura para mim era isso, uma forma de impressionar e ficar impressionada. Como na noite em que ouvi, num bar, um senhor careca falar sobre umas cartas de Mário de Andrade a Fernando Sabino. Aquilo me deixou louca de tesão. O careca virou muso. Erudição era meu maior afrodisíaco.

Só fui uma vez ao teatro, ver uma peça infantil. Nunca fui à ópera nem assistia nenhum filme iraniano. Meu negócio era ação, aventura, filme americano, tipo *Indiana Jones*, *Guerra nas estrelas*. Acho o Jim Carrey o máximo. Sempre me emociono quando vejo *Eu, eu mesmo e Irene*.

Musicalmente, gostava de samba bom e das canções de motel do Roberto. *Detalhes* sempre foi um hino, minha trilha sonora. Os tangos de Celita me faziam chorar, quando não me matavam de tédio. Odiava Shostakovich. Um chato de galocha. Preferia Xororó.

Não sei porra nenhuma de *origami* ou orquídeas, e li quase nada de Bocage ou de Cecília Meireles. Além da poesia, a minha grande paixão eram os livros de psicologia, que nunca consegui ler.

Mesmo personalíssima, eu sei, tinha inevitável atração para ser leviana, às vezes imatura; não tinha a mínima profundidade, e todas as minhas sensações habitavam a flor da pele. Acostumada à insensatez, seguia meus rompantes, todos intuitivos, vindos do baixo-ventre e, literal e analogamente, da região anal. Era essa a minha incongruência e talvez mais um de meus debroches.

Dessa forma, as consequências da arte e da cultura eram pouco importantes de fato. Ainda assim pretendia passar para um livro toda a minha história. Talvez sob a forma de diário, ou um *blog*, que estava na moda.

"Esse infeliz desgraçou a vida do meu filho. Rubinho era um rapaz tão alegre, estudioso, cultíssimo, sensível, chorava à toa. Dono de um belo futuro, não fosse aquele lambisgoia surgir. Coisa de macumba, karma, vidas passadas, sei lá eu. Só podia ser. Tanto cuidado, desvelo e atenção com um filho, e depois vemos o desastre acontecer sem poder fazer nada. Por que Rubinho não esquecia de vez aquele pervertido? Por que permanecia teimando em não aceitar que seu caso com a aberração passara. Não tinha mais cabimento insistir naquela tragicomédia. A verdade era que meu filho cegara, e sua paixão impertinente transformara-o num débil que só abria os olhos

pasmados para perseguir a sua fixação. Era um Vancouver, não era uma mosca-morta!

Outra tarde, vendo televisão, tive ânsias de vômito ao ver a figura sendo entrevistada, Odara a tal, se vangloriando, dando palpites e se exibindo, descarado, como se fosse artista. Só faltou cantar e rebolar, o biltre. Ainda por cima, ficando famoso. Mundo perdido. Enquanto isso, o meu filho, afundado no sofá da sala, inerte, bebendo pelo gargalo e suspirando de paixão. Isso, um dia, Deus é grande, haverá de ter fim."

Andava num momento de poucas cobranças e questionamentos. O sucesso e o fracasso se mostravam para mim como dois grandes impostores. Mas, a ter de escolher por um impostor, ficava com o sucesso. Realizada por um lado, continuava a me deprimir por nada. Pesarosa, dera para ouvir boleros, comer pouco de noite e tomar taças de vinho gelado. E pensar, pensar muito, horas...

Normando, Mandico, Aspásia, Odara de Havilland, Lua e Estrela, Odarah ou Darinha, já não me incomodava com as peles. Tinha enfim descoberto a tolice de encarar as culpas. Haveria sempre uma nova chance em cada esquina. Era como se as pessoas com quem eu tivesse agido mal na vida tornassem a cruzar meu caminho para eu poder me arrepender dos atos sem me arrepender de tê-los feito.

Não ia a igrejas, centros ou templos; só consultórios. Nenhum resquício de fé, nenhuma simpatia, nada de mandinga ou crença. Era agora ateia, com a graça de Deus, porém sem a Sua bênção.

Sempre tive certa dificuldade em acreditar Nele. Sentia mais medo. Nenhuma religião me falava ao coração. As ruas foram a minha bíblia. Para não ser injusta com o meu lado místico, houve um tempo que não saía de casa sem consultar o I Ching.

Basta de bobagens e reminiscências. Mirela já esbraveja do lado de fora, batendo na porta do quarto e avisando que o carro da tevê já chegou e está aguardando a fim de seguirmos para os estúdios.

Dou um último retoque na maquiagem, capricho no *gloss*, ajeito o decote, ensaio o melhor sorriso e não consigo segurar uma ponta de lágrima insistente. A maquiagem borra, mas não estou nem aí. Talvez eu seja só esta miragem tosca, travesti imaginário, mascate de ervas ditas milagrosas. Pode até ser que não esteja chorando, só sofrendo calada e em líquidos, deixando escorrer um sofrimento represado qualquer. Quer saber? Vai ver, Odara nem existe; só vive na imaginação, na minha e na dos outros. Pra cima, mulher! Engole o choro e a frescura! Você ainda será tão famosa como a Roberta Close.

Mirela insiste batendo. Merda de veado ansioso. "Odara, minha santinha, puta que pariu, o carro já tá buzinando lá embaixo." "Já vou, bicha, já vou."

FIM

Este livro foi composto na tipologia Adobe Jenson
Pro Regular, em corpo 12/16,5, e impresso em
papel off-white 80g/m² no Sistema Cameron da
Divisão Gráfica da Distribuidora Record.